Pierre Gripari

Supplément réalisé par
Christian Biet,
Jean-Paul Brighelli,
Françoise Maury
et Jean-Luc Rispail

Illustrations de Bruno Pilorget

SOMMAIRE

CROYEZ-VOUS AU MERVEILLEUX ?

1. LE GENTIL PETIT DIABLE (p. 129)

En Enfer - Quelques diableries - Sur la Terre
La marelle du petit diable - Au ciel

2. ROMAN D'AMOUR D'UNE PATATE (p. 134)

Rencontres sur un tas d'ordures
Et patati et patata !

3. LA MAISON DE L'ONCLE PIERRE (p. 135)

La passion de l'or - Une histoire de fantôme
Avez-vous bien lu ce conte ?

4. LE PRINCE BLUB ET LA SIRÈNE (p. 138)

Le charme des sirènes
Les sirènes ont la parole
Queue de poisson

5. LE PETIT COCHON FUTÉ (p. 141)

La création du monde - Un tour de cochon
Les étoiles - Les tirelires
Le jeu des fausses pistes
Les parents

6. JE-NE-SAIS-QUI, JE-NE-SAIS-QUOI (p. 146)

Au jardin du merveilleux
La patrouille du conte va passer !
Voulez-vous faire de la magie ?

7. SUR L'ENSEMBLE DU TEXTE (p. 149)

8. LE DIABLE DANS LA LITTÉRATURE (p. 150)

Histoire du Soldat, Charles Ferdinand Ramuz
Le Diable dans la bouteille, Robert-Louis Stevenson
Le Chat et le diable, James Joyce

9. SOLUTIONS DES JEUX (p. 155)

Donné

PAR MARGCT

A lA BiBliOTHEQ

DE L'ÉCOLE

RABEAU.

JANU. 2006.

Collection folio junior

dirigée par
Jean-Olivier Héron
et Pierre Marchand

Pierre Gripari est né, en 1925, à Paris, d'une mère française et d'un père grec originaire de Mykonos.

Il fait des études de lettres au lycée Louis-le-Grand, puis s'engage pendant trois ans dans l'armée.

Il travaille ensuite dans un bureau et se consacre à la littérature. En 1963, il publie une autobiographie *Pierrot la lune*, et sa pièce de théâtre, *Lieutenant Tenant*, est montée à la Gaîté-Montparnasse. Il écrit des romans, des contes fantastiques et des récits pour enfants : *Histoires du Prince Pipo, Nanasse et Gigantet, Pirlipipi, deux sirops, une sorcière* (aux Éditions Grasset-Jeunesse), *L'Incroyable équipée de Phosphore Noloc*, etc. (aux Éditions de la Table Ronde), *Pièces enfantines, Café-Théâtre*, etc. (aux Éditions de l'Age d'homme).

Dans les *Contes de la rue Broca*, géants, sorcières, sirènes, surgis d'un vieux patrimoine légendaire, s'animent d'une vitalité nouvelle. Narquois, Pierre Gripari s'amuse à bouleverser l'ordre du Merveilleux : le petit diable devient gentil, le nigaud n'est pas si nigaud que cela...

Il donne ses propres clefs et sourit de l'enchantement qu'il provoque.

Puig Rosado est né, sous le sceau de l'humour, le 1ᵉʳ avril 1931 dans le village espagnol de Don Benito. Cette date qui suscite chaque printemps tant de farces et de malices n'est sans doute pas innocente dans le déroulement de sa destinée.

Il fonde, en collaboration avec Desclozeaux et Bonnot, la S.P.H., Société Protectrice de l'Humour. Ils organisent tous trois, à Avignon, plusieurs expositions mobilisant des dessinateurs du monde entier.

Avant de décider du sort de ses dessins, Puig Rosado les soumet à la critique de ses deux filles. Il les publie alors : dans *Le Nouvel Observateur* ou au *Canard enchaîné*. Il travaille pour des agences de publicité et des maisons d'édition, réalise des films pour la télévision, et expose son œuvre personnelle dans les galeries de différents pays.

Il réside en France depuis vingt ans.

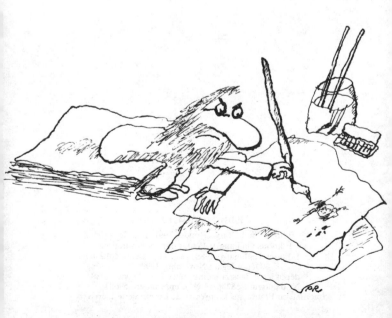

ISBN 2-07-033451-1

© Éditions de la Table Ronde, 1967, pour le texte
© Éditions Gallimard, 1980, pour les illustrations
© Éditions Gallimard, 1988, pour la présente édition
Dépôt légal : Novembre 1992
1er dépôt légal dans la même collection : Janvier 1988
No d'éditeur : **58206** — No d'imprimeur : 59683
Imprimé en France sur les presses de l'Imprimerie Hérissey

Pierre Gripari

Le gentil petit diable

et autres contes de la rue Broca

Illustrations de Puig Rosado

La Table Ronde

Pierre Gripari

Le gentil
petit diable
et autres contes de la rue Broca

Illustrations de Puig Rosado

La Table Ronde

Le gentil petit diable

Il était une fois un joli petit diable, tout rouge, avec deux cornes noires et deux ailes de chauve-souris. Son papa était un grand diable vert et sa maman une diablesse noire. Ils vivaient tous les trois dans un lieu qui s'appelle l'Enfer, et qui est situé au centre de la terre.

L'Enfer, ce n'est pas comme chez nous. C'est même le contraire : tout ce qui est bien chez nous est mal en Enfer ; et tout ce qui est mal ici est considéré comme bien là-bas. C'est pourquoi, en principe, les diables sont méchants. Pour eux, c'est bien d'être méchant.

Mais notre petit diable, lui, voulait être gentil, ce qui faisait le désespoir de sa famille.

Chaque soir, quand il revenait de l'école, son père lui demandait :

— Qu'est-ce que tu as fait aujourd'hui ?
— Je suis allé à l'école.

— Petit imbécile ! Tu avais fait tes devoirs ?

— Oui, Papa.

— Petit crétin ! Tu savais tes leçons ?

— Oui, Papa.

— Petit malheureux ! Au moins, j'espère que tu t'es dissipé ?

— Ben...

— As-tu battu tes petits camarades ?

— Non, Papa.

— As-tu lancé des boulettes de papier mâché ?

— Non, Papa.

— As-tu seulement pensé à mettre des punaises sur le siège du maître pour qu'il se pique le derrière ?

— Non, Papa.

— Mais alors, qu'est-ce que tu as fait ?

— Eh bien, j'ai fait une dictée, deux problèmes, un peu d'histoire, de la géographie...

En entendant cela, le pauvre papa diable se prenait les cornes à deux mains, comme s'il voulait se les arracher :

— Qu'est-ce que j'ai bien pu faire à la Terre pour avoir un enfant pareil ? Quand je pense que, depuis des années, ta mère et moi, nous faisons des sacrifices pour te donner une mauvaise éducation, pour te prêcher le mauvais exemple, pour essayer de faire de toi un grand, un méchant diable ! Mais non ! Au lieu de se laisser tenter, Monsieur fait des problèmes ! Enfin, quoi, réfléchis : Qu'est-ce que tu comptes faire, plus tard ?

— Je voudrais être gentil, répondait le petit diable.

Bien entendu, sa mère pleurait, et son père le punissait. Mais il n'y avait rien à faire : le petit diable s'obstinait. A la fin, son père lui dit :

— Mon pauvre enfant, je désespère de toi. J'aurais voulu faire de toi quelqu'un, mais je vois que c'est impossible. Cette semaine encore, tu as été premier en composition de français ! En conséquence, j'ai décidé de te retirer de l'école et de te mettre en apprentissage. Tu ne seras jamais qu'un petit diablotin, un chauffeur de chaudière... Tant pis pour toi, tu l'as voulu !

Et en effet, dès le lendemain, le petit diable n'alla plus à l'école. Son père l'envoya à la Grande Chaufferie Centrale, et là il fut chargé d'entretenir le feu sous une grande marmite où bouillaient une vingtaine de personnes qui avaient été très, très méchantes pendant leur vie.

Mais là non plus le petit diable ne donna pas satisfaction. Il se prit d'amitié pour les pauvres damnés et, toutes les fois qu'il le pouvait, laissait le feu baisser pour qu'ils n'aient pas trop chaud. Il parlait avec eux, leur racontait des histoires drôles, afin de leur changer les idées — ou encore il les interrogeait :

— Pourquoi êtes-vous ici ?

Alors ils répondaient : nous avons tué, ou nous avons volé, nous avons fait ceci, cela...

— Et si vous pensiez très fort au bon Dieu ?

11

demandait le petit diable. Vous ne croyez pas des fois que ça pourrait s'arranger ?

— Hélas non ! disaient-ils. Du moment que nous sommes ici, c'est pour toujours !

— Ça ne fait rien, pensez-y un peu, pendant que vous n'avez pas trop chaud...

Ils y pensaient, et même certains d'entre eux, pour y avoir pensé quelques minutes, disparaissaient d'un coup — pop ! — comme une bulle de savon. On ne les voyait plus. C'était le bon Dieu qui leur avait pardonné.

Cela dura jusqu'au jour où le Grand Contrôleur des Chaudières Diaboliques fit sa tournée d'inspection annuelle. Et quand il arriva à la chaudière de notre petit diable, il fit un beau vacarme !

— Qu'est-ce que c'est que ça ? Cette chaudière doit contenir vingt et une personnes et je n'en trouve que dix-huit ! Qu'est-ce que ça veut dire ? Et le feu est presque éteint ! Qu'est-ce que c'est que ce travail ? Alors, ce n'est plus l'Enfer, ici, c'est la Côte d'Azur ? Allez, vivement, soufflez-moi là-dessus, et que ça bouille ! Et quant à vous, mon petit ami (il s'adressait à notre jeune diable), quant à vous, puisque vous n'êtes pas capable d'entretenir un feu, on va vous mettre à l'extraction de la houille !

Et le lendemain le petit diable travaillait dans une mine de charbon. Armé d'un pic, il extrayait de gros morceaux de houille et creusait des galeries. Cette fois, on fut content de lui, car il

travaillait de tout son cœur. Bien sûr, il le savait, ce charbon-là était destiné aux chaudières, mais il était ainsi fait que lorsqu'il entreprenait un travail, il ne pouvait s'empêcher de le faire bien.

Un jour, comme il creusait une galerie dans une veine d'anthracite, voilà qu'en donnant un coup de pic il se vit tout à coup inondé de lumière. Il regarda dans le trou qu'il avait fait, et vit une grande salle souterraine très éclairée, avec un quai plein de gens affairés qui descendaient et qui montaient dans un petit train vert avec une voiture rouge. C'était le métro !

— Chic ! pensa-t-il. Me voilà chez les hommes ! Ils vont pouvoir m'aider à être gentil !

Il sortit de son trou, et sauta sur le quai. Mais à peine l'eurent-ils aperçu que les gens se sauvèrent avec des cris horribles. Comme c'était heure de pointe, il y eut bousculade, des enfants étouffés, des femmes piétinées. Le petit diable avait beau crier :

— Mais restez là ! N'ayez pas peur !

Il n'arrivait même pas à se faire entendre. Les gens criaient plus fort que lui.

Dix minutes plus tard, la station était vide, à l'exception des morts et des blessés. Ne sachant trop que faire, le diable alla droit devant lui, monta un escalier, deux escaliers, poussa une porte et se trouva dans la rue. Mais les pompiers, qui l'attendaient, l'arrosèrent brutalement avec la lance à incendie. Il voulut fuir du côté opposé, mais des agents lui foncèrent des-

sus, la matraque haute. Il voulut s'envoler, mais les hélicoptères de la police l'avaient déjà repéré. Heureusement il aperçut, tout au bord du trottoir, l'ouverture d'une bouche d'égout, et il s'y engouffra.

Toute la journée, il la passa à circuler dans des souterrains pleins d'eau sale. Ce n'est qu'à minuit sonné qu'il remonta à la surface, et se mit à marcher dans les petites rues sombres, en se disant :

— Il faut pourtant que je trouve quelqu'un qui me vienne en aide ! Comment leur faire comprendre que je ne suis pas méchant ?

Comme il disait ces mots, une vieille dame apparut, qui s'approchait en trottinant. Le diable alla à sa rencontre, la tira par la manche et appela doucement :

— Madame...

La vieille dame se retourna :

— Qu'est-ce qu'il y a, mon petit garçon ? Tu n'es donc pas encore couché, à cette heure-ci ?

— Madame, dit le petit diable, je veux être gentil. Comment est-ce que je dois faire ?

Au même moment, la vieille dame, en regardant mieux, aperçut les deux cornes et les ailes de chauve-souris. Elle se mit à balbutier :

— Non ! Non ! Pitié, mon Dieu ! Je ne le ferai plus !

— Qu'est-ce que vous ne ferez plus ? demanda le petit diable.

Mais la dame ne répondit pas. Elle tomba é-
vanouie.

— Pas de chance, pensa le diable. Elle avait
pourtant l'air gentil...

Il s'en alla un peu plus loin et, passant par la
rue Broca, aperçut une boutique éclairée. Il s'approcha et vit, par la porte vitrée, Papa Saïd qui
avait déjà fermé et se préparait à aller se coucher. Le diable, timidement, frappa contre la
vitre :

— Excusez-moi, Monsieur...

— C'est trop tard ! dit Papa Saïd.

— Mais je voudrais...

— Je vous dis que c'est fermé !

— Mais je ne veux pas boire, je veux être
gentil !

— C'est trop tard ! Revenez demain !

Le petit diable était désespéré. Il commençait
à se demander s'il ne ferait pas mieux de retour-
ner en Enfer et de devenir méchant, comme tout
le monde, quand tout à coup il entendit un pas
d'homme.

— C'est ma dernière chance, pensa-t-il.

Il courut en voletant dans cette direction et
s'arrêta à l'angle d'un boulevard. Une ombre
noire venait à sa rencontre. C'était comme une
femme, mais cela marchait comme un soldat, à
grandes enjambées. En vérité c'était un prêtre,
vêtu de sa soutane, qui revenait de chez un
malade. Le petit diable l'aborda :

— Pardon, Monsieur...

— Pardon ?

Le prêtre regarda, fit un saut sur lui-même, et se mit à faire à toute vitesse de drôles de gestes devant sa figure, en murmurant un tas de choses en latin, que le diable ne comprit pas.

Comme le diable était poli, il attendit que le prêtre ait fini son manège, puis il reprit :

— Pardon, Monsieur. Je suis un petit diable et je voudrais devenir gentil. Que dois-je faire ?

Le prêtre ouvrit de grands yeux :

— Tu me demandes ce que tu dois faire ?

— Oui, pour devenir gentil. Qu'est-ce qu'on fait, à mon âge, pour devenir gentil ?

— On obéit à ses parents, dit le prêtre, sans réfléchir.

— Mais je ne peux pas, Monsieur. Mes parents, eux, voudraient que je devienne méchant !

Le prêtre, cette fois, commençait à comprendre.

— Ah zut, c'est vrai ! dit-il. Mais aussi, quelle affaire ! C'est bien la première fois que j'entends parler d'un cas pareil... Au moins, tu es sincère ?

— Oh oui, Monsieur !

— Je ne sais pas si j'ai le droit de te croire... Ecoute : de toute façon, la question est trop grave pour que je la tranche à moi tout seul. Va-t'en trouver le pape de Rome.

— J'y vais, Monsieur. Merci, Monsieur.

Et le petit diable s'envola.

Il voyagea toute la nuit, et n'arriva à Rome

16

que le lendemain matin. Par chance, en survolant le Vatican, il vit le pape en train de prier, tout seul, dans son jardin. Il se posa par terre à côté de lui.

— Pardon, monsieur le Pape...

Le pape se retourna et le regarda d'un air fâché.

— Allez-vous-en, dit-il, ce n'est pas vous que j'ai demandé.

— Je le sais bien, monsieur le Pape. Mais moi, j'ai besoin de vous ! Je voudrais être gentil. Comment est-ce que je dois faire ?

Le pape eut l'air de plus en plus fâché.

— Vous ? Devenir gentil ? Allons donc ! Vous venez me tenter !

— Je vous assure que non ! s'écria le petit diable. Pourquoi me rejetez-vous avant de savoir ? Et qu'est-ce que vous risquez à me donner un conseil ?

— Ça, c'est vrai, dit le pape, radouci. Après tout, je ne risque rien. Eh bien, asseyez-vous et racontez-moi votre histoire. Et prenez garde à ne pas mentir !

Le diable ne se fit pas prier, et raconta toute sa vie, depuis le commencement. A mesure qu'il parlait, la méfiance du pape fondait comme neige au soleil. A la fin du récit, le saint-père pleurait presque.

— Comme c'est beau ! murmura-t-il d'une voix émue. Presque trop beau pour être vrai ! C'est bien la première fois, à ma connaissance, qu'une

chose pareille arrive... Eh bien, en ce cas, je suppose que c'est Dieu qui le veut ! Mon petit, je n'ai qu'un conseil à vous donner : adressez-vous directement à Lui. Moi, je ne suis qu'un homme, et je ne m'occupe que des hommes.

— Il faut que j'aille trouver le Bon Dieu ?

— C'est ce que vous avez de mieux à faire.

— Mais comment cela ?

— Eh bien, c'est simple. Vous avez des ailes ?

— Oui.

— En ce cas, envolez-vous, et montez le plus haut possible, sans penser à rien, en chantant simplement la chanson que je vais vous apprendre. C'est la chanson qui fait trouver le Ciel.

Et le pape chanta à mi-voix une chanson, une toute petite chanson, très courte et toute simple, mais très, très belle. Ne me demandez pas de vous la répéter, car si je la savais, je ne serais pas ici, je serais moi-même au Ciel.

Lorsque le diable l'eut apprise par cœur, il remercia le pape et s'envola. Il monta le plus haut qu'il put, sans penser à rien, mais sans cesser de se répéter la chanson magique.

Et en effet ! A peine l'avait-il chantée trois fois qu'il se trouvait devant une grande porte blanche avec un homme devant, un vieil homme barbu, vêtu d'une toge bleue, coiffé d'une auréole, et qui portait un trousseau de clefs. C'était saint Pierre.

— Eh là ! Où allez-vous, comme ça ?

— Je voudrais parler au Bon Dieu.

— Au Bon Dieu ! Rien que ça ! Avec ces cornes ! Et cette paire d'ailes ! Non, mais tu ne t'es pas regardé !

— C'est le pape de Rome qui m'envoie !

Cette fois, saint Pierre fut ébranlé. Il regarda le diable en fronçant les sourcils, puis il se mit à ronchonner :

— Le pape, le pape... De quoi se mêle-t-il, d'abord, le pape ?... Enfin, puisque tu es là, tu passeras l'examen. Sais-tu lire et écrire ? Sais-tu compter ?

— Oui, je le sais !

— Allons donc ! Je suis sûr que tu n'as jamais travaillé à l'école !

— Je vous demande pardon, j'ai travaillé !

— Vraiment ! Combien font deux et deux ?

— Quatre.

— Tu es sûr ? Comment le sais-tu ?

— Ben je le sais...

— Hm ! Tu es tombé juste par hasard !... Enfin, tu veux le passer, cet examen ?

— Oui, Monsieur.

— Vraiment, tu y tiens ?

— Oui, Monsieur.

— Tu n'as pas peur ?

— Non, Monsieur.

— C'est bon, comme tu veux ! Passe par ici. Tu vois, là-bas, c'est la grande cour. La première porte à droite, c'est le bureau du petit Jésus. Il te fera passer l'examen de lecture.

— Merci, Monsieur.

Le diable entra, passa sous un grand porche, et se trouva devant la grande cour. C'était comme une cour d'école, entourée d'un préau couvert. Derrière les arcades, on distinguait de grandes portes vitrées, peintes en vert. La première porte à droite était garnie d'une plaque de cuivre avec cette inscription :

PETIT JESUS
Fils de Dieu
Entrez sans frapper.

Le diable ouvrit la porte et se trouva dans une salle de classe. Le petit Jésus était assis en chaire. C'était un enfant blond, en chemise de grosse toile, avec une auréole derrière la tête, mais beaucoup plus jolie que celle de saint Pierre.

— Entrez, entrez ! dit-il.

— Petit Jésus, dit le diable, je viens...

— Inutile, je sais. Tu viens passer l'examen de lecture ?

— Oui, petit Jésus.

— Eh bien approche-toi, et lis ceci.

Le diable s'approcha, et le petit Jésus lui tendit un livre ouvert. Mais en y jetant les yeux, le diable s'aperçut que les pages étaient blanches.

— Eh bien, lis ! dit le petit Jésus.

Le diable regarda la page, puis regarda le

petit Jésus pour voir s'il se moquait de lui. Mais non : il était très sérieux.

— Alors, je t'écoute. Tu sais lire, oui ou non ?

Le diable regarda encore une fois le livre et dit :

— Mais il n'y a rien d'écrit : ce sont des pages blanches.

Et comme il disait cela, les mots qu'il prononçait s'écrivirent à mesure sur la page de gauche, en grosses capitales : MAIS IL N'Y A RIEN D'ÉCRIT : CE SONT DES PAGES BLANCHES.

— Fais voir, dit le petit Jésus.

Il prit le livre et il lut à mi-voix :

— Mais il n'y a rien d'écrit : ce sont des pages blanches.

Puis il releva la tête et fit au diable un bon sourire.

— C'est parfait.

— Alors, j'ai réussi mon examen ? demanda le diable.

— Eh là ! Ne t'emballe pas ! Tu as réussi l'examen de lecture. Maintenant, tu vas passer dans la salle à côté, chez le Bon Dieu, mon père. Il te fera passer l'examen d'écriture. Allez, vas-y !

— Au revoir, petit Jésus, dit le diable. Et merci !

— Au revoir.

Le diable sortit, tourna encore à droite et s'arrêta devant la seconde porte. Il y avait une

plaque d'argent, avec cette inscription gravée
dessus :

BON DIEU
Ouvert à toute heure
Entrez sans frapper.

Le diable entra. Cette seconde salle était sem-
blable à la première, mais beaucoup plus petite.
Le Bon Dieu, lui aussi, était assis en chaire.
C'était un beau vieillard en manteau rouge avec
une longue barbe blanche et, sur la tête, une
auréole à deux étages. Le diable commença :

— Monsieur le Bon Dieu...

— Inutile, je sais tout. C'est mon fils qui t'envoie pour passer l'examen d'écriture.

— Oui, Monsieur...

— Pas un mot. Assieds-toi, tu vas me faire une
dictée.

Le petit diable s'assit à un pupitre. Il y avait
là une plume et du papier. Il prit la plume, il la
trempa dans l'encrier, et attendit.

— Tu es prêt ? demanda le Bon Dieu. Je commence.

Le diable se pencha sur son papier et... il n'entendit rien. Au bout d'une longue seconde, il
releva la tête. Il vit que le Bon Dieu remuait les
lèvres, mais sans proférer aucun son.

— Pardon, monsieur le Bon Dieu...

— Je te prie de ne pas m'interrompre.
Qu'est-ce qu'il y a ?

— Je ne vous entends pas.

— Vraiment ? Alors je recommence.

Et le Bon Dieu se remit à bouger les lèvres, sans rien dire. Puis, comme le diable restait immobile, il lui demanda d'un ton sévère :

— Eh bien alors, qu'est-ce que tu attends ? Tu ne sais pas écrire ?

— Oh si, mais...

— C'est bien, je répète encore une troisième fois. Mais si tu n'écris rien, je te donne un zéro !

Et il recommença la même mimique.

— Ma foi, tant pis, se dit le petit diable, je vais écrire n'importe quoi.

Et il se mit à écrire, avec tout le soin dont il était capable :

Cher Bon Dieu,
Je suis bien triste, car je n'entends pas un mot de ce que vous dites. Cependant, puisqu'il faut écrire, j'en profite pour vous dire que je vous aime beaucoup, que je voudrais être gentil pour rester près de vous, même si je ne devais être que le dernier de vos anges.

PETIT DIABLE ROUGE.

— Tu as fini ? demanda le Bon Dieu.

— Oui, Monsieur.

— Eh bien, donne.

Le Bon Dieu prit la feuille de papier, lut, leva les sourcils et se mit à rire :

— C'est pourtant vrai, que tu sais écrire !

24

— Alors, j'ai réussi mon examen ?

— Eh là, doucement ! Le plus difficile reste à faire ! Tu vas passer dans la salle à côté, chez ma mère, pour l'examen de calcul. Fais attention, car ma mère est sévère ! Allez, file !

— Merci, Bon Dieu !

Sur la troisième porte il y avait une plaque d'or avec cette inscription :

VIERGE MARIE
Mère de Dieu
Reine du ciel
Frappez avant d'entrer.

Le diable frappa deux petits coups. Une voix de femme lui répondit :

— Entrez.

C'était aussi une salle de classe, mais toute petite, minuscule, avec tout juste un pupitre et une chaire. La mère de Dieu, bien entendu, était assise dans la chaire. Elle portait une longue robe bleue, et une magnifique auréole à trois étages. Le petit diable avait si peur qu'il n'osa souffler mot.

— Assieds-toi, dit la Vierge.

Elle lui donna une feuille de papier, une plume, des crayons de couleurs, et lui dit :

— Maintenant, attention ! Trouve-moi un nombre de trois chiffres, divisible par trois, qui ait les yeux bleus et une jambe plus courte que

25

l'autre. Je reviens dans dix minutes. Dans dix minutes, si tu n'as pas trouvé, tu es refusé.

Et elle sortit.

Alors, le petit diable se crut vraiment perdu. Pourtant, cette fois encore, il ne voulut pas rester sans rien faire, et il se dit :

— Je vais tout de même chercher des nombres de trois chiffres divisibles par trois. Cela vaudra toujours mieux que rien...

Vous le savez peut-être, un nombre est divisible par trois quand la somme de ses chiffres est elle-même divisible par trois. Le petit diable se mit à en écrire une quantité, à la suite les uns des autres :

123, 543, 624, 525, 282, 771, 189, 222, etc.

Puis il les regarda, en rêvassant, et tout à coup, en revoyant le nombre 189, il s'aperçut d'une chose :

Il s'aperçut que 189 avait un ventre, une tête et deux jambes. La tête était la boucle supérieure du 8, et le ventre sa boucle inférieure. Quant aux deux jambes, c'étaient le 1 et le 9, et elles étaient de longueur inégale, car la queue du 9 descendait au-dessous de la ligne, que le 1 ne dépassait pas.

Alors il coupa son papier en deux, et sur la moitié propre il dessina un beau 189, avec le 8 un peu surélevé par rapport aux deux autres chiffres. Il ne restait plus qu'à dessiner deux yeux bleus dans la partie supérieure du 8, ce qu'il fit sans tarder. Par la même occasion, il y

fit une petite bouche rouge, un petit nez et deux oreilles. Il avait à peine fini que la mère de Dieu rentrait :

— Alors ? C'est terminé ?

Elle s'approcha, regarda le papier et se mit à rire :

— Eh ! Mais c'est très joli !

Elle prit la demi-feuille entre le pouce et l'index, la secoua un petit coup, et toc ! Le nombre 189 tomba sur le pupitre, d'où il sauta à terre, où il courut en boitillant gaiement, et finalement s'enfuit par la porte que la Sainte Vierge avait laissée ouverte. Et personne ne fut étonné, car il y a de tout, au Paradis : des hommes, des animaux, des objets... même des chiffres !

— Tu as réussi, dit la Vierge Marie. A présent, je t'emmène.

Et elle emmena le petit diable. D'abord aux douches, pour le laver des quelques petits péchés qui pouvaient lui rester. Ensuite au magasin d'habillement où il changea ses ailes de chauve-souris pour une belle paire d'ailes de cygne. Enfin chez le coiffeur, qui essaya de lui couper les cornes. Mais elles étaient trop dures, et il se contenta de poser par-dessus une auréole toute neuve, et blanche comme du lait.

Après cela, ils revinrent dans la cour. Cette fois, elle était pleine, car c'était l'heure de la récréation, et la mère de Dieu présenta le diable aux autres anges.

— Voici, dit-elle, un nouveau compagnon. Il a

bien du mérite à se trouver parmi nous, car il vient de loin ! Je vous prie de le traiter comme l'un des vôtres.

Il y eut un murmure de surprise, et un vieil ange rose fit un pas en avant :

— Excusez-moi, Sainte Vierge, mais ce n'est pas possible ! Un ange tout rouge avec une paire de cornes, ça ne s'est jamais vu !

— Vous n'êtes que des serins, dit la Vierge Marie. Ça ne s'est jamais vu, bien d'accord. Et après ? Est-ce la première fois qu'on voit des choses qu'on n'avait jamais vues ?

Les autres anges se mirent à rire et le vieil ange rose reconnut de bonne grâce qu'il avait dit une sottise.

Le petit diable est maintenant un habitant des cieux. Et si le Paradis n'était pas le Paradis, les autres anges l'envieraient à cause de sa peau rouge et de ses cornes noires.

Quant à son papa diable, quand il apprit ce qui s'était passé, il se mit à hocher la tête :

— Je l'aurais parié ! dit-il. Cela devait finir ainsi. A force de faire l'idiot, il est allé à Dieu ! Eh bien, tant pis pour lui ! Que je n'en entende plus jamais parler !

Si jamais vous allez en Enfer, évitez donc toute allusion au petit diable rouge. On considère là-bas que cette histoire est de mauvais exemple pour les jeunes, et l'on aurait tôt fait de vous faire taire !

Roman d'amour
d'une patate

Il était une fois une patate — une vulgaire patate, comme nous en voyons tous les jours — mais dévorée d'ambition. Le rêve de sa vie était de devenir une frite. Et c'est probablement ce qui lui serait arrivé, si le petit garçon de la maison ne l'avait volée dans la cuisine.

Une fois retiré dans sa chambre avec le fruit de son larcin, le petit garçon tira un couteau de sa poche, et se mit à sculpter la patate. Il commença par lui faire deux yeux, et la patate pouvait voir. Après quoi il lui fit deux oreilles, et la patate pouvait entendre. Enfin, il lui fit une bouche, et la patate pouvait parler. Puis il la fit se regarder dans une glace en lui disant :

— Regarde comme tu es belle !

— Quelle horreur ! répondit la patate, je ne suis pas belle du tout ! Je ressemble à un homme ! J'étais bien mieux avant !

— Oh bon ! Ça va ! dit le petit garçon, vexé. Puisque tu le prends comme ça...

Et il la jeta dans la poubelle.

Au petit matin, la poubelle fut vidée, et le jour même la patate se retrouvait dans un grand tas d'ordures, en pleine campagne.

— Joli pays, dit-elle, et fort bien fréquenté ! Il y a ici des tas de gens intéressants... Tiens ! Qui est cette personne qui ressemble à une poêle à frire ?

C'était une vieille guitare, à demi fendue, qui n'avait plus que deux cordes.

— Bonjour, Madame, dit la patate. Il me semble, à vous voir, que vous êtes quelqu'un de très distingué, car vous ressemblez tout à fait à une poêle à frire !

— Vous êtes bien aimable, dit la guitare. Je ne sais pas ce que c'est qu'une poêle à frire, mais je vous remercie quand même. C'est vrai, que je ne suis pas n'importe qui. Je m'appelle guitare. Et vous ?

— Eh bien, moi, je m'appelle pomme de terre. Mais vous pouvez m'appeler patate, car je vous considère, dès aujourd'hui, comme une amie intime. J'avais été choisie, à cause de ma beauté, pour devenir frite, et je le serais devenue si par malheur le petit garçon de la maison ne m'avait pas volée à la cuisine. Bien plus, après m'avoir volée, le sacripant m'a complètement défigurée en me faisant deux yeux, deux oreilles et une bouche...

Et la patate se mit à larmoyer.

— Allons, ne pleurez pas, dit la guitare. Vous êtes encore très bien. Et puis, cela vous permet de parler...

— Ça, c'est vrai, reconnut la patate. C'est une grande consolation. Enfin, pour en finir, lorsque

j'ai vu ce que le petit monstre avait fait de moi, je me suis mise en colère, je lui ai pris son couteau des mains, je lui ai coupé le nez et je me suis enfuie.

— Vous avez très bien fait, répondit la guitare.

— N'est-ce pas ? dit la patate. Mais vous, au fait, comment êtes-vous venue ici ?

— Eh bien, moi, répondit la guitare, pendant de longues années, j'ai été la meilleure amie d'un jeune et beau garçon qui m'aimait tendrement. Il se penchait sur moi, me prenait dans ses bras, me caressait, me tapotait, il me grattait le ventre en me chantant de si jolies chansons...

La guitare soupira, puis sa voix se fit aigre et elle poursuivit :

— Un jour, il est revenu avec une étrangère. Une guitare aussi, mais en métal, et lourde, et vulgaire, et si bête ! Elle m'a pris mon ami, elle l'a ensorcelé ! Je suis sûre qu'il ne l'aimait pas ! Quand il la prenait, elle, ce n'était pas pour lui chanter des chansons tendres, non ! Il se mettait à la gratter avec fureur, en poussant des hurlements sauvages, il se roulait par terre avec elle, on aurait dit qu'ils se battaient ! D'ailleurs il n'avait pas confiance en elle ! La meilleure preuve, c'est qu'il la tenait attachée avec une laisse !

En vérité, le jeune et beau garçon avait acheté une guitare électrique, et ce que la guitare avait pris pour une laisse, c'était le fil qui la reliait à la prise de courant.

— Enfin, toujours est-il qu'elle me l'a volé. Au bout de quelques jours, il ne voyait plus qu'elle, il n'avait plus un regard pour moi. Et moi, quand j'ai vu ça, eh bien, j'ai préféré partir...

La guitare mentait. Elle n'était pas partie d'elle-même : c'était son maître qui l'avait jetée. Mais cela, elle ne l'aurait jamais avoué.

De toute façon, la patate n'avait rien compris.

— Comme c'est beau ! dit-elle. Comme c'est touchant ! Votre histoire me bouleverse ! Je savais bien que nous étions faites pour nous comprendre ! D'ailleurs, plus je vous regarde, et plus je trouve que vous ressemblez à une poêle à frire !

Mais pendant qu'elles parlaient ainsi, un chemineau qui passait sur la route les entendit, s'arrêta et les écouta.

— Ça, ce n'est pas ordinaire ! pensa-t-il. Une vieille guitare qui raconte sa vie à une vieille patate, et la patate qui répond ! Si je sais m'y prendre, ma fortune est faite !

Il pénétra dans le terrain vague, prit la patate, la mit dans sa poche, puis se saisit de la guitare et s'en fut à la ville prochaine.

Dans cette ville il y avait une grande place, et sur cette place il y avait un cirque. Le chemineau alla frapper à la porte du directeur :

— M'sieu l'Directeur ! M'sieu l'Directeur !

— Hein ? Quoi ? Entrez ! Qu'est-ce que vous voulez ?

Le chemineau entra dans la roulotte.

— M'sieu l'Directeur, j'ai une guitare qui parle !

— Hein ? Quoi ? Guitare qui parle ?

— Oui, oui, M'sieu l'Directeur ! Et une patate qui répond !

— Hein ? Quoi ? Qu'est-ce que c'est que cette histoire ? Vous êtes soûl, mon ami ?

— Non, non ! Je ne suis pas soûl ! Ecoutez seulement !

Le chemineau posa la guitare sur la table, puis il sortit la patate de sa poche et la mit près d'elle.

— Allez-y, maintenant. Parlez, toutes les deux !

Silence.

— Ben quoi, vous avez bien quelque chose à vous dire ?

Silence.

— Mais parlez, que je vous dis !

Toujours silence. Le directeur devint tout rouge.

— Dites-moi, mon ami, vous êtes venu ici pour vous payer ma tête ?

— Mais non, M'sieu l'Directeur ! Je vous assure, elles parlent, toutes les deux ! En ce moment, elles font leur mauvaise tête, exprès pour m'embêter, mais...

— Sortez !

— Mais quand elles sont toutes seules...

— Sortez, je vous dis !

— Mais, M'sieu l'Directeur...

34

— Hein ? Quoi ? Vous n'êtes pas encore sorti ? C'est bon : je vais vous sortir moi-même !

Le directeur prit le chemineau par le fond de sa culotte et Vjjjit ! il l'envoya dehors. Mais à ce moment-là, il entendit derrière lui un grand éclat de rire. C'était la patate qui, n'y tenant plus, disait à la guitare :

— Hein ? Crois-tu qu'on l'a eu ? Hihihi !

— Et comment, qu'on l'a eu ! répondait la guitare. Hahaha !

Le directeur se retourna :

— Alors, comme ça, c'était donc vrai ! Vous parlez, toutes les deux !

Silence.

— Allez, reprit le directeur, inutile de vous taire, maintenant. Cela ne sert plus à rien : je vous ai entendues !

Silence.

— Dommage ! dit le directeur d'un air rusé. J'avais pourtant une belle proposition à vous faire. Une proposition artistique !

— Artistique ? dit la guitare.

— Tais-toi donc ! souffla la patate.

— Mais l'Art, ça m'intéresse, moi !

— A la bonne heure ! dit le directeur. Je vois que vous êtes raisonnables. Eh bien oui, vous allez travailler, toutes les deux. Vous allez devenir vedettes.

— J'aimerais mieux devenir frite, objecta la patate.

— Frite, vous ? Avec votre talent ? Mais ce serait un crime ! Vous préférez être mangée plutôt que devenir vedette ?

— Pourquoi mangée ? Ça se mange donc, les frites ? demanda la patate.

— Un petit peu, que ça se mange ! Pourquoi donc croyez-vous qu'on les fasse ?

— Ah ? Je ne savais pas ! dit la patate. Eh bien, si c'est comme ça, d'accord. J'aime mieux devenir vedette.

Huit jours plus tard, dans toute la ville, on pouvait voir de grandes affiches jaunes, sur lesquelles il était écrit :

GRAND CIRQUE TRUC-MACHIN
Ses clowns ! Ses acrobates !
Ses écuyères ! Ses équilibristes !
Ses tigres, ses chevaux, ses éléphants,
*   ses puces !*
Et, en grande première mondiale :
NOEMIE, la patate savante
et AGATHE, la guitare qui joue toute
*   seule !*

Le soir de la première, il y eut beaucoup de monde, car personne, dans le pays, n'avait encore vu une chose pareille.

Quand leur tour vint d'entrer en piste, la patate et la guitare s'avancèrent gaillardement pendant que l'orchestre jouait une marche militaire. Pour commencer, la patate elle-même

annonça le numéro. Puis la guitare joua toute seule un morceau difficile. Puis la patate chanta, accompagnée de la guitare qui chantait une deuxième voix tout en jouant d'elle-même. Ensuite, la patate fit semblant de chanter faux, et la guitare fit semblant de la reprendre. La patate fit semblant de se fâcher, et toutes les deux firent semblant de se disputer, à la grande joie du public. Enfin, elles firent semblant de se réconcilier et chantèrent ensemble le dernier morceau.

Ce fut un énorme succès. Le numéro fut enregistré pour la radio et la télévision, de sorte qu'on en parla dans le monde entier. Le sultan de Pétaouschnock, qui le vit aux actualités, prit le jour même son avion personnel et s'en fut voir le directeur du cirque.

— Bonjour, monsieur le Directeur.

— Bonjour, monsieur le Sultan. Qu'y a-t-il pour votre service ?

— Je veux épouser la patate.

— La patate ? Mais voyons, ce n'est pas une personne !

— Alors, je vous l'achète.

— Mais ce n'est pas une chose non plus... Elle parle, elle chante...

— Alors, je vous l'enlève !

— Mais vous n'avez pas le droit... !

— J'ai le droit de tout, car j'ai beaucoup d'argent !

Le directeur comprit qu'il valait mieux ruser.

— Vous me faites beaucoup de peine, dit-il en larmoyant. Cette patate, je l'aime, je m'y suis attaché...

— Comme je vous comprends ! dit le sultan, légèrement ironique. Eh bien, en ce cas, je vous l'achète un wagon de diamants !

— Un seul ? demanda le directeur.

— Deux, si vous voulez !

Le directeur essuya une larme, se moucha bruyamment, puis ajouta d'une voix tremblante :

— Je sens que, si vous alliez jusqu'à trois...

— Eh bien, trois donc, et n'en parlons plus !

Le lendemain, le sultan repartait pour son sultanat en emmenant la patate, et aussi la guitare, car les deux vieilles amies ne voulaient plus se quitter. Cette semaine-là, un grand hebdomadaire parisien publia la photo du nouveau couple avec ce gros titre :

NOUS NOUS AIMONS

Au cours des semaines suivantes, le même hebdomadaire publia d'autres photographies, avec des titres légèrement différents. Ce furent, successivement :

LE PARLEMENT OSERA-T-IL EMPÊCHER ?

VA-T-IL BRISER LE CŒUR DE LA PATATE ?

LA PATATE NOUS DIT EN PLEURANT : CELA NE
    PEUT PLUS DURER !

LA GUITARE NOUS DIT : JE PRÉFÈRE M'EN ALLER !

ET CEPENDANT ILS S'AIMENT !
L'AMOUR PLUS FORT QUE TOUT.

Avec ce dernier titre étaient publiées les photos du mariage. La semaine d'après, les journaux parlaient d'autre chose, et aujourd'hui tout le monde l'a oublié.

La maison
de l'oncle Pierre

Dans un village de France vivaient deux frères, l'un riche et l'autre pauvre. Le riche était célibataire, le pauvre était marié. Le riche vivait de ses rentes et ne travaillait pas ; le pauvre était ouvrier agricole. Le pauvre n'avait pas de maison à lui, mais il vivait avec sa femme chez le fermier qui l'employait, tandis que le riche, lui, avait une grande maison, située à moins d'un kilomètre du village, après le cimetière.

Le pauvre était gentil avec tout le monde, et ne demandait qu'à rendre service. Aussi les gens du pays l'aimaient bien, tout en le méprisant un peu. Le riche, lui, était avare, d'un caractère dur et renfermé, de sorte que les gens, tout en le respectant beaucoup, ne l'aimaient guère.

Un beau matin, le fermier, qui était le patron du pauvre, dit à ce dernier :

— Voici la fin de l'automne, les gros travaux sont terminés, je n'ai pas assez d'argent pour te payer à ne rien faire. Prends ta femme avec toi et va-t'en.

Que faire ? Et où aller ? Le pauvre prit sa femme et s'en fut chez son frère le riche.

— Notre patron nous chasse, lui dit-il, et nous n'avons pas même un toit pour passer l'hiver. Tu ne peux pas nous héberger jusqu'au printemps prochain ?

Le riche fit la grimace. Il aimait bien être seul et tranquille dans sa grande maison. Cependant, il ne pouvait pas non plus laisser son frère dehors. Il répondit :

— Eh bien, c'est entendu, installez-vous. Vous coucherez dans la chambre du haut et moi dans la grande salle en bas. Mais attention ! A une condition !

— Laquelle ?

— C'est que vous ne sortirez pas le soir après dîner, et que vous serez couchés à neuf heures au plus tard !

— Entendu ! dit le pauvre.

Et, le jour même, il s'installait avec sa femme dans la chambre du haut.

Pendant trois mois, ils vécurent ainsi. La femme du pauvre faisait la cuisine, et le pauvre lui-même, dans la journée, parcourait le village, à la recherche de menus travaux. Le riche, pendant ce temps, ne faisait rien, restait plongé dans ses pensées. Ils prenaient leurs repas ensemble et, après le dîner, sitôt la table desservie, le pauvre et sa femme disaient bonsoir au riche et montaient se coucher. Le riche veillait, très tard, dans la grande salle du rez-de-chaussée, où sa lampe à pétrole brillait jusqu'à une heure avancée de la nuit.

— Qu'est-ce qu'il peut faire, si tard, tout seul ? demandait la femme du pauvre.

Et le pauvre lui répondait :

— Il fait ce qu'il veut, il est chez lui.

Mais la femme voulait savoir. Un beau soir, sur le coup de onze heures, elle descendit doucement l'escalier, pieds nus et sans lumière. La porte de la salle était entrebâillée. Elle s'approcha sans faire de bruit et elle vit son beau-frère, assis à la grande table avec, posée devant lui, une petite boîte en fer, d'où il tirait des pièces d'or qu'il empilait les unes sur les autres.

Elle remonta et dit à son mari :

— Je sais ce que fait ton frère.

— Et qu'est-ce qu'il fait ?

— Il compte de l'or.

— Et pourquoi pas ? C'est son or, après tout !

Passèrent décembre, puis janvier. Un beau matin, vers la mi-février, la femme du pauvre descendit pour allumer le feu et faire le café. Le riche était encore couché. Elle s'approcha du lit et s'aperçut qu'il était mort, subitement, pendant la nuit.

Le pauvre, en l'apprenant, fut sincèrement peiné. Les deux frères s'aimaient et s'estimaient, malgré leurs différences de caractère.

Le matin même, le couple s'en fut chez le notaire. Le riche n'ayant pas d'enfants, tous ses biens revenaient au pauvre, lequel, par conséquent, n'était plus pauvre.

L'après-midi de ce même jour, le mari et la

femme visitèrent la maison en détail. Ils trouvèrent de l'argent liquide et des titres de rente, assez pour assurer leur subsistance jusqu'à la fin de leurs jours.

Mais la femme n'était pas satisfaite :

— Il y a de l'or caché dans cette maison, disait-elle. J'en suis sûre. Je l'ai vu.

Ils fouillèrent partout, de la cave au grenier, sans trouver ni l'or, ni la petite boîte en fer.

— Tu as peut-être rêvé, dit le mari.

— Je suis bien sûre que non, lui répondit la femme. J'ai vu de l'or, des pièces d'or, dans une petite boîte en fer, comme une boîte de biscuits. Mais il l'a bien cachée.

— Alors, tant pis, dit le mari. D'ailleurs nous n'avons pas besoin de ça. Nous avons bien assez.

Le lendemain, l'enterrement eut lieu, et ce soir-là, pour la première fois, le mari et la femme, au lieu d'aller se coucher, restèrent après le dîner dans la grande salle du bas.

Ils y étaient encore à minuit. A peine les douze coups venaient-ils de sonner à l'église du village qu'ils entendirent derrière eux une voix rude :

— Eh bien, qu'est-ce que vous faites ici ?

Ils se retournèrent : c'était le riche, ou plutôt son fantôme, habillé comme de son vivant.

— C'est toi, Pierre ? demanda le pauvre.

Le fantôme reprit sans répondre :

— Je crois vous avoir dit que vous deviez être couchés tous les soirs à neuf heures...

— Mais maintenant, tu es mort, objecta le pauvre.

— Qu'est-ce que tu dis ? demanda le fantôme d'une voix terrible.

— Je dis que tu es mort !

— Qu'est-ce que tu racontes ?

— On vous raconte que vous êtes mort ! dit la femme brutalement. Enfin quoi, vous ne vous rappelez pas ? Même qu'on vous a enterré ce matin !

A ces mots, le fantôme se mit en colère :

— Qu'est-ce que c'est que cette histoire ? Une invention pour me voler mon bien, n'est-ce pas ? Voilà ma récompense, pour vous avoir reçus dans ma maison ! Et vous vous figurez que je vais croire ça ? Allez, au lit, et en vitesse !

Le couple, tout penaud, remonta dans sa chambre. Le mari se déshabilla, se coucha, puis il dit à sa femme :

— Quoi faire que tu te couches pas ?

La femme répondit :

— Tout de même, je vais voir ce qu'il fait.

— N'y va pas, dit le mari, ce n'est pas prudent.

La femme haussa les épaules :

— Pourquoi ? Qu'est-ce que tu veux qu'il me fasse ?

Elle descendit, comme la première fois, pieds nus et sans lumière, et, comme la première fois,

elle vit, par la porte entrouverte, son beau-frère installé à la grande table, en train de compter ses pièces d'or. Mais cette fois le fantôme devina sa présence. A peine l'eut-elle aperçu qu'il se tourna du côté de la porte en criant :

— Et alors ?

La femme, terrorisée, remonta quatre à quatre.

— Qu'est-ce qu'il fait ? demanda le mari.

— Il compte toujours son or, dit-elle.

Le lendemain, ils allèrent trouver le curé du village, pour lui demander ce que tout cela signifiait. Après avoir écouté leur histoire avec la plus grande attention, le curé leur dit :

— La chose est rare, mais elle arrive parfois. Une grande passion, bonne ou mauvaise, peut empêcher une âme de trouver le repos. Votre frère aimait trop son or. C'est pourquoi son fantôme revient, chaque nuit, le compter et le recompter...

— Mais pourtant, il est mort !

— Il est mort, mais il n'accepte pas sa mort. Il ne veut pas l'admettre. Vous aurez beau discuter avec lui, il refusera de voir la vérité. Son avarice le retient ici-bas. C'est une grande misère, il faut avoir pitié de lui !

— Alors, il n'y a rien à faire ?

— Il n'y a rien à faire. Cela durera jusqu'au jour où lui-même se rendra compte de l'absurdité de sa conduite. Ce jour-là, il sera délivré. Mais cela peut demander des siècles !

L'homme et la femme n'insistèrent pas. De toute façon, ils n'étaient pas à plaindre, puisqu'ils avaient l'argent liquide et les titres de rente du défunt. Ils achetèrent quelques champs, une petite maison dans le bourg où ils s'installèrent, et vécurent à l'abri du besoin, l'homme travaillant la terre et la femme s'occupant de son intérieur.

Ce printemps-là, ils eurent un petit garçon et, l'année d'après, une petite fille. Les deux enfants grandirent, marchèrent, parlèrent. Au bout de cinq ou six ans, ils allèrent à l'école. Tous les dimanches après-midi, ils allaient se promener. Leur mère, cependant, les mettait en garde :

— N'allez pas du côté du cimetière, et surtout n'entrez jamais dans la maison de votre oncle Pierre. Il se fâcherait.

Elle ne leur en disait pas plus, car elle ne voulait pas leur faire peur inutilement.

Mais voilà qu'un beau soir de printemps les enfants furent surpris par l'orage alors qu'ils étaient justement de l'autre côté du cimetière. Il pleuvait fort, très fort, il y avait des éclairs, et cela menaçait de durer, car le ciel était noir et la lumière livide.

— Entrons dans cette maison, dit la petite fille.

Le petit garçon, qui avait bien reconnu la maison de l'oncle Pierre, hésita une seconde. Puis il se dit que le village était encore loin, que sa petite sœur risquait de prendre mal, et qu'en-

fin l'oncle Pierre, si peu hospitalier fût-il, ne pouvait pas leur refuser l'abri.

Ils pénétrèrent dans la grande salle. Ils y trouvèrent un lit qui n'avait pas été refait, semblait-il, depuis des années. Ils se déshabillèrent, étendirent leurs vêtements trempés sur des dossiers de chaises, puis se couchèrent bien au sec et s'endormirent.

Ils dormaient, sans le savoir, depuis plusieurs heures, quand ils furent réveillés par une voix bougonne :

— Qu'est-ce que vous faites ici ?

— Pardon, Monsieur, dit le petit garçon. Nous sommes entrés pour nous mettre à l'abri. Nous n'avions pas l'intention de rester. Nous nous sommes endormis...

— Je le vois bien, que vous vous êtes endormis. Qui êtes-vous, d'abord ? Comment vous appelez-vous ?

Le petit garçon donna son nom, celui de sa sœur et leur nom de famille. Le fantôme souleva les sourcils :

— Alors, comme ça, vous êtes mes neveux ?

— Oui, mon oncle.

— Je comprends, maintenant ! C'est mon frère qui vous a envoyés ici. Pour m'espionner. Pour me voler peut-être !

— Vous vous trompez, mon oncle, je vous assure ! Au contraire, nos parents nous ont dit de ne jamais entrer chez vous ! Tout est de ma faute !

— Vos parents vous ont dit, vos parents vous ont dit... Et pourquoi vous ont-ils dit cela, d'abord ? Est-ce que je suis un ogre ?

— Ben... pour ne pas vous déranger, sans doute...

— Allons donc ! Moi je le sais, pourquoi ils vous l'ont dit ! Pour vous faire peur de moi ! Voilà ! Ils veulent me faire passer pour mort, pour me prendre mon or... Quel or, d'abord ? Il n'y a pas d'or, ici ! Et qu'est-ce que j'en ferais ? — Mais je ne suis pas mort ! Ah, ça non ! Tant que je serai ici, ils n'auront pas un louis ! D'ailleurs, il n'y a pas de louis. Je n'ai rien, moi. Il n'y a rien d'autre ici que les quatre murs, c'est tout. Tu pourras le dire à ton père. Compris ?

— Oui, mon oncle...

— Eh bien, qu'est-ce que vous attendez ? Rhabillez-vous et filez, tous les deux !

Les deux enfants, qui n'avaient rien compris à ce flot de paroles, se rehabillèrent, et ils allaient sortir quand le fantôme les arrêta :

— Eh bien, où allez-vous ? Vous voyez bien qu'il pleut encore ! Restez ici ! Et déshabillez-vous ! Vos habits sont encore tout humides ! Et on dira encore que je n'ai pas de cœur ! Etendez-les devant le feu !

— Mais il n'y a pas de feu ! dit le petit garçon.

— Pas de feu ? Et ça, alors ?

Le fantôme fit un geste, et un grand feu apparut dans la cheminée.

— Prenez chacun une couverture. Appro-

chez-vous. Et chauffez-vous. Aussi bien vous m'avez dérangé, je ne peux plus travailler cette nuit. Je vais me chauffer aussi. Une soirée de fichue par votre faute !

— Excusez-nous, mon oncle...

— Taisez-vous ! Est-ce que je vous demande quelque chose ? Oh, je sais bien ! Il y en a plus de quatre qui voudraient savoir... Mais ils ne sauront rien ! Qu'est-ce que vous avez cru ? Que j'allais vous montrer mes petits secrets ? Pas si bête ! Et d'abord il n'y a pas de secrets... Il n'y a ici que les quatre murs, et c'est tout. Rien de plus... Rien de plus...

Ils étaient tous les trois, assis devant le feu, les enfants enveloppés chacun dans une couverture, et le vieux ronchonnant à mi-voix, beaucoup plus pour lui-même que pour eux. Au bout de quelques instants, engourdi par la bonne chaleur, bercé par le murmure continu de l'oncle Pierre et vu l'heure tardive, le petit garçon s'endormit sur sa chaise.

Un éclat de rire le réveilla. C'était sa petite sœur qui riait. Il ouvrit aussitôt les yeux et il vit une chose étonnante : l'oncle Pierre s'était endormi, lui aussi, et la petite fille avait voulu monter sur ses genoux. Elle s'était levée, s'était approchée du fauteuil et, traversant le corps impalpable du fantôme, elle s'était assise *dans* l'oncle Pierre, ce qui la faisait rire.

Cette fois, le petit garçon eut peur. Non pas de voir que l'oncle Pierre était impalpable — ma

foi, puisque c'était comme ça, c'était comme ça — mais peur qu'il ne se fâche, peur qu'il ne considère la conduite de la petite fille comme un manque de respect à son égard.

— Excusez-la, dit-il, elle a voulu jouer...

Mais l'oncle Pierre n'écoutait pas. Réveillé à l'instant, lui aussi, il regardait, d'un air bouleversé, la petite fille assise dans son ventre, qui riait et se balançait, en agitant ses deux petits pieds nus.

— C'était donc vrai, murmura-t-il, c'était donc vrai...

Puis son regard se posa sur le petit garçon, et il lui demanda d'un air sérieux :

— Ça te fait rire, toi aussi ?

— Non, mon oncle.

— Ça te fait peur, alors ?

— Non, mon oncle.

L'oncle Pierre pinça les lèvres, puis il eut un sourire méchant et demanda encore :

— Sais-tu ce que c'est qu'un fantôme ?

— Non, mon oncle.

Il y eut un silence. La petite fille s'était tue, le fantôme paraissait réfléchir. Puis il se leva et dit :

— Attendez-moi, je reviens.

Il sortit. A ce moment-là la petite fille, restée toute seule dans le fauteuil, prit peur et se mit à pleurer. Le petit garçon la prit sur ses genoux. Au bout de cinq minutes, le fantôme revint avec une petite boîte en fer qu'il posa sur la table :

— Demain matin, vous donnerez ça à vos parents. Et maintenant, couchez-vous. Adieu.

Les enfants se couchèrent, et s'endormirent presque aussitôt. Le lendemain, quand ils se réveillèrent, il faisait grand jour, et l'oncle Pierre avait disparu. Ils remirent leurs vêtements, qui avaient séché pendant la nuit, et rentrèrent chez leurs parents, avec la petite boîte en fer pleine de pièces d'or.

Il y a des gens, dans le pays, qui prétendent que cette petite boîte n'a jamais existé et que, cette nuit-là, les enfants n'avaient fait qu'un rêve. En ce qui concerne la petite boîte, il m'a été impossible de vérifier. Mais ce qu'il y a de certain, c'est que, depuis ce jour, le fantôme de l'oncle Pierre n'est plus jamais revenu dans la vieille maison.

Le prince Blub
et la sirène

Il était une fois un vieux roi qui régnait sur une île, une île magnifique, située en pleine zone tropicale, au beau milieu de l'océan.

Ce roi avait un jeune fils, qui s'appelait le prince Henri Marie François Guy Pierre Antoine. C'était un nom bien long pour un si petit prince. Aussi, quand il était enfant, chaque fois qu'on lui demandait :

— Comment t'appelles-tu ?

Il répondait habituellement :

— Blub.

De sorte que tout le monde l'appelait le prince Blub.

En zone tropicale, il n'y a pas de saison froide. Aussi, chaque matin, au lieu de se débarbouiller dans le lavabo, ce qui est mortellement ennuyeux, le prince Blub allait-il se baigner dans la mer. Il avait sa petite plage, pour lui tout seul, au milieu des rochers, à cinq minutes du palais. Et là, chaque jour, il retrouvait une sirène, avec laquelle il jouait depuis qu'il était tout petit.

Vous savez tous, n'est-ce pas, ce qu'est une sirène. C'est une créature marine qui est à moitié

femme et à moitié poisson : femme au-dessus de la ceinture, le reste de son corps n'étant qu'une queue de poisson.

La sirène prenait le prince Blub sur son dos, pour lui faire faire le tour de l'île. Ou encore elle l'emmenait en haute mer. Ou encore elle plongeait avec lui pour rapporter des coquillages, des petits poissons, des crabes ou des branches de corail. Quand ils avaient fini de nager ensemble, ils s'étendaient sur les rochers et elle racontait toutes les merveilles de l'océan pendant que le prince Blub se séchait au soleil.

Un jour qu'ils conversaient ainsi, le prince Blub dit à la sirène :

— Quand je serai grand, je t'épouserai.

La sirène sourit.

— Quand tu seras grand, dit-elle, tu épouseras une belle princesse, qui aura deux jambes comme tout le monde et non une vilaine queue de poisson, et tu succéderas au roi ton père.

— Non, dit le prince, je n'épouserai que toi.

— Tu n'as pas le droit de dire cela, répliqua la sirène : tu ne peux pas savoir. Quand tu auras quinze ans, nous en reparlerons.

Le prince Blub n'insista pas. Là-dessus les années passèrent et il devint un beau jeune homme. Un jour, il dit à la sirène :

— Tu ne sais pas ce qui m'arrive ?

— Quoi donc ?

— Aujourd'hui, j'ai quinze ans.

— Et alors ?

— Alors ? Eh bien, je t'aime toujours, et je veux t'épouser.

Cette fois, la sirène devint pensive :

— Ecoute, Blub, dit-elle, je crois que tu es sincère, mais tu ne sais pas de quoi tu parles. Tu vois, je n'ai pas de jambes : je ne peux donc pas vivre sur terre comme une femme normale. Si tu m'épouses, c'est toi qui devras me suivre chez mon père, dans le royaume des Eaux. Tu deviendras un ondin. Tu changeras tes deux belles jambes pour une queue de poisson...

— Eh bien, mais c'est parfait ! dit-il.

— Non, ce n'est pas parfait ! reprit-elle. Tu n'es pas le premier homme, sais-tu, qui ait voulu épouser une sirène ! Mais ces mariages sont toujours malheureux ! D'abord, dans la plupart des cas, les hommes nous épousent par intérêt. Ils nous épousent pour ne pas mourir, car les ondins sont immortels...

— Mais moi, dit le prince Blub, je l'ignorais...

— Je sais, je sais, mais laisse-moi finir. Ensuite, une fois mariés, les voilà qui regrettent la vie mortelle, qui regrettent leurs deux jambes et la terre de leur enfance. Ils voudraient de nouveau pouvoir sauter, courir, ils pensent aux fleurs, aux papillons, aux bêtes, aux vieux amis qu'ils ont abandonnés... Ils s'ennuient à mourir, et cependant ils savent qu'ils ne mourront jamais...

— Mais moi je t'aime, dit le prince, et je suis sûr de ne rien regretter.

La sirène hocha la tête :

— Tu ne peux pas savoir. Quand tu auras vingt ans, nous en reparlerons.

Mais, cette fois, le prince ne voulait plus attendre. Le jour même, au repas de midi, il dit au roi son père :

— Tu sais, papa, je vais épouser une sirène.

— Ne dis pas de bêtises, dit le roi. Tu sais bien que les sirènes, cela n'existe pas.

— Je te demande pardon, dit le prince, mais moi, j'en connais une. Tous les matins, je me baigne avec elle.

Le roi ne répondit pas, mais après qu'il eut pris le café il s'en alla trouver l'aumônier de la Cour :

— Dites-moi, mon Père, est-ce vrai que ça existe, les sirènes ?

— Hélas oui, ça existe, répondit l'aumônier. Et ce sont des démons !

— Comment cela, des démons ?

— Vous allez comprendre : les sirènes, ce sont les femelles des ondins. Et les ondins sont immortels. Du fait qu'ils sont immortels, ils ne meurent pas. Du fait qu'ils ne meurent pas, ils n'iront pas au Ciel. Du fait qu'ils n'iront pas au Ciel, ils ne verront pas Dieu. En conséquence, ils devraient être tristes... Mais ils ne sont pas tristes, au contraire ! Ils sont gais comme des étourneaux ! Donc, ce sont des démons ! Leur existence, à elle seule, est une insulte pour le Bon Dieu. Comprenez-vous ?

— Oui, oui... grommela le roi.

Et il s'en fut retrouver son fils :

— Tu m'as bien dit que tu aimais une sirène ?

— Oui, père.

— Et tu veux l'épouser ?

— Oui, père.

— Tu ne sais donc pas que les sirènes sont des démons ?

— Ce n'est pas vrai ! répondit le prince Blub avec indignation. On t'a mal renseigné. Ma sirène n'est pas un démon. Elle est gentille comme tout !

— Oui, oui... dit le roi, très perplexe.

Et il s'en fut retrouver l'aumônier :

— Hum ! Voyez-vous, mon Père... Tout à l'heure, j'hésitais à vous le dire... mais mon fils est tombé amoureux d'une sirène...

— C'est une catastrophe ! s'écria l'aumônier. D'abord, si votre fils l'épouse, il n'ira pas au Ciel. Ensuite, il deviendra ondin et n'aura plus, au lieu de jambes, qu'une queue de poisson. Enfin, il sera obligé de vivre à jamais dans la mer, et ne pourra vous succéder...

— Mais c'est une catastrophe, en effet ! dit le roi, tout affolé. Qu'est-ce qu'il faut faire ?

— Dites-lui que les sirènes sont des démons...

— Je le lui ai déjà dit, mais il ne veut pas me croire !

— En ce cas, il faut les séparer. A n'importe quel prix !

— Ça, dit le roi, c'est une bonne idée. Je vais y réfléchir.

Et, pour la deuxième fois, il s'en alla trouver le prince :

— Tu m'as bien dit que tu aimais une sirène ?

— Oui, père.

— Tu veux toujours l'épouser ?

— Oui, père.

— Tu es bien sûr de ne pas avoir à le regretter ?

— Je ne le regretterai jamais ! dit le prince. Je vivrai avec elle dans l'Océan, et nous serons parfaitement heureux !

— Oui, oui... Eh bien, en ce cas... Quand la revois-tu, cette sirène ?

— Demain matin, mon père, sur la plage.

— Eh bien, dis-lui qu'après-demain je viendrai avec toi. Je désire la connaître.

Le lendemain matin, en arrivant au bord de l'eau, le prince dit à la sirène :

— Mon père veut bien que je t'épouse ! Demain matin il va venir avec moi pour te voir !

La sirène se mit à rire :

— Ton père est un malin, et tout cela est un piège ! Mais peu importe : qu'il vienne, et j'y serai ! Quant à toi, ne crains rien, quoi qu'il puisse arriver, car je suis immortelle. Et même si l'on nous sépare, je vais te dire comment me retrouver.

— Comment ? demanda le prince.

— Ecoute bien : quand tu voudras me voir,

60

mets-toi dans un endroit où il y ait de l'eau — si peu que ce soit, du moment qu'il y en ait...

— Même si elle est séparée de la mer ?

— Même si elle est séparée de la mer. Je suis chez moi partout où il y a de l'eau. Car toutes les eaux du monde ne font qu'une seule et même eau, dont mon père est le maître. Pour me faire venir, il te suffira donc de te mettre en présence de l'eau — inutile même de la toucher — et de chanter cette petite chanson :

> *Un et un font un*
> *Sirène ma mie*
> *Je suis votre ondin*
> *Vous êtes ma vie.*

Ce matin-là, le prince Blub répéta la chanson plusieurs fois de suite, de sorte qu'en rentrant il la savait par cœur.

Le lendemain, le roi vint à la plage avec son fils, accompagné d'une suite importante. Ce que le prince ne savait pas, c'est que cette suite se composait principalement de policiers, de poissonniers et de pêcheurs, tous déguisés en courtisans, dissimulant sous leurs habits de cour des cordes, des filets, des matraques et des revolvers.

La sirène les attendait, couchée sur un rocher. Le roi s'approcha d'elle, la prit par le poignet comme pour lui baiser la main, puis il cria aux gens de sa suite :

— Allez !

A ce signal, ils se jetèrent sur elle, la prirent dans leurs filets, l'immobilisèrent et la ligotèrent. Le prince Blub, qui voulait la défendre, fut lui-même assailli, maîtrisé, attaché, bâillonné, avant d'avoir pu faire un geste.

Cela fait, le roi dit à ses poissonniers :

— Emportez-moi ce monstre et coupez-lui la queue en tranches pour la vendre au marché.

Puis, se tournant vers le prince Blub, il ajouta :

— Et quant à vous, mon très cher fils, je vous envoie, par le prochain avion, chez mon cousin l'empereur de Russie, lequel vous gardera chez lui jusqu'à ce que vous ayez renoncé à cet amour idiot !

Le jour même en effet, le prince Blub s'envolait pour Moscou, pendant que la sirène, toujours ligotée, était couchée sur une table de zinc, dans une grande poissonnerie de la capitale.

Elle était là, tranquille, sans dire un mot, et toute souriante. Le poissonnier s'approcha d'elle avec un grand couteau, elle souriait toujours. Il lui coupa la queue, qu'il emporta et posa sur une autre table, puis il se retourna. A sa grande surprise, il s'aperçut alors que la queue avait repoussé et que la sirène, au lieu de blanche et rose, était devenue verte — entièrement verte, les cheveux y compris — cependant que son sourire s'était figé en un rictus légèrement inquiétant.

Un peu troublé, le poissonnier coupa la

seconde queue, la verte, et la porta sur l'autre table, à côté de la queue rose. Puis il se retourna, le plus vite qu'il put, et... cette fois, la sirène était bleue, depuis la pointe de ses cheveux bleus jusqu'à l'extrémité de sa nouvelle queue bleue ! De plus, elle ne souriait plus, mais grimaçait franchement.

Tremblant de peur, le poissonnier recommença l'opération. Mais quand il eut coupé la troisième queue et l'eut posée auprès des deux premières, la sirène, cette fois, était devenue noire, avec une queue noire, des écailles noires, une peau noire, des cheveux noirs, un visage noir ; et sa grimace était devenue si laide, si laide, que le bonhomme, terrorisé, sortit à reculons de la boutique et, jetant son couteau, courut au palais d'une traite, afin de raconter la chose au roi.

Le roi, très intrigué, voulut le raccompagner dans la poissonnerie pour voir ce qu'il en était. Mais quand il y entra, la sirène avait disparu, et disparu également la queue rose, la queue verte ainsi que la queue bleue.

Le prince Blub, pendant ce temps, était reçu par l'empereur de Russie. Celui-ci le logea au Kremlin, dans un appartement privé, où il pouvait le faire espionner par ses domestiques.

Sitôt qu'il se crut seul, le prince entra dans la salle de bains, fit couler de l'eau dans la baignoire et, quand celle-ci fut pleine, il se mit à chanter :

Un et un font un
Sirène ma mie
Je suis votre ondin
Vous êtes ma vie.

A ce moment l'eau bouillonna, et la sirène s'y trouva.

— Bonjour, prince Blub. Tu m'aimes ?

— Oui, je t'aime. Je veux t'épouser.

— Attends un peu, l'épreuve est commencée.

Et en disant ces mots, elle plongea et disparut.

Mais un des domestiques avait tout vu par le trou de la serrure. Il alla aussitôt faire son rapport à l'empereur, et l'empereur fit savoir au prince Blub que désormais la salle de bains lui serait interdite.

Le lendemain, le prince demanda une cuvette d'eau pour se laver les mains. On la lui apporta. Il la prit, remercia, puis la posa par terre au milieu de sa chambre et se mit à chanter :

Un et un font un
Sirène ma mie
Je suis votre ondin
Vous êtes ma vie.

A ce moment l'eau bouillonna, et la sirène s'y trouva — un peu réduite de taille, car la cuvette était moins grande que la baignoire.

— Bonjour, prince Blub. Tu m'aimes encore ?

— Je t'aime, je t'adore.

— Attends toujours, car l'épreuve est en cours.

Et en disant ces mots, elle plongea et disparut.

Le jour même, l'empereur fit savoir au prince Blub que désormais il n'aurait plus le droit de se laver.

Le prince comprit alors que tous ses domestiques n'étaient que des mouchards.

Le troisième jour, il feignit d'avoir soif, et demanda un verre d'eau. Le valet de chambre le lui apporta. Le prince prit le verre, le posa sur la table, puis, au lieu de congédier le valet, il lui dit :

— Assieds-toi. Et regarde.

Et, s'asseyant lui-même en face du verre, il se mit à chanter :

Un et un font un
Sirène ma mie
Je suis votre ondin
Vous êtes ma vie.

A ce moment l'eau pétilla, et la sirène s'y trouva : toute petite, minuscule, mais bien reconnaissable.

— Bonjour, prince Blub. Tu m'aimes toujours ?

— Oui, je t'aime, je veux t'épouser.

— Attends un peu, l'épreuve est terminée.

Et en disant ces mots, la sirène plongea dans

le verre où elle sembla se dissoudre à l'instant.

Alors le prince Blub saisit le verre et envoya toute l'eau à la figure du domestique en lui disant :

— Maintenant, mouchard, fais ton métier.

Il faut croire qu'il le fit car, le lendemain même, l'empereur renvoyait le prince Blub à son père, accompagné de cette lettre :

> *Mon cher cousin,*
> *J'ai fait ce que j'ai pu, mais il est impossible d'empêcher votre fils d'évoquer cette sirène, à moins de le faire mourir de soif. Je vous le renvoie, et que Dieu vous garde.*
>
> signé : NIKITA Ier
> Empereur de l'Union russe.

Le roi lut cette lettre, puis il s'en fut retrouver l'aumônier de la Cour.

— L'empereur m'a renvoyé mon fils, dit-il, et voici ce qu'il m'écrit.

— Si c'est comme cela, répondit l'aumônier, je ne vois plus qu'une solution : transformer le prince en timbre-poste et le coller au mur, à l'endroit le plus sec du palais, afin que pas une goutte d'eau n'y touche !

— Ça, dit le roi, c'est une bonne idée ! Ne bougez pas d'ici, je vous l'envoie tout de suite !

Il s'en alla trouver son fils et lui dit, d'un air détaché :

— Dis-moi, mon garçon, veux-tu rendre un service à ton père ?

66

— Certainement ! dit le prince Blub.

— Eh bien, va me chercher l'aumônier. J'ai besoin de lui parler.

Le prince Blub se rendit à l'appartement de l'aumônier, et frappa à la porte.

— Qui est là ? demanda l'aumônier.

— C'est le prince Blub.

— Entrez !

Le prince entra et, au moment où il ouvrait la bouche pour dire : « Mon père vous demande », l'aumônier, en le regardant, se mit à réciter, très vite et sans se tromper :

Abracadabra
Tu deviens tout plat.
Abracadabri
Tu deviens tout p'tit.
Abracadabré
Tu deviens papier
Abracadabran
Du papier collant
Petit désobéissant !

Au dernier vers, le prince était devenu un timbre-poste, et tombait en papillonnant sur le carrelage. L'aumônier le ramassa, et le porta au roi.

C'était un fort beau timbre, en trois couleurs, avec des bords dentelés, à l'effigie du prince, et qui portait cette inscription :

POSTE ROYALE, 30 CENTIMES

Le roi le regarda de près, et demanda :

— Tu veux toujours épouser ta sirène ?

Une petite voix, sortant du timbre, répondit :

— Oui, je le veux toujours !

— En ce cas, dit le roi, je vais te coller au mur et tu y resteras jusqu'à ce que tu aies changé d'avis.

Mais comme il s'apprêtait à lécher le timbre, l'aumônier lui cria :

— Malheureux ! Ne le mouillez pas !

— C'est juste, dit le roi. La salive, c'est aussi de l'eau !

Alors il prit un peu de colle blanche et, à l'aide d'un pinceau, colla le timbre sur le mur, au-dessus de son bureau.

Les jours, les semaines, les mois passèrent. Chaque matin, avant de se mettre au travail, le roi regardait le timbre et demandait :

— Tu veux toujours épouser ta sirène ?

Et la petite voix lui répondait :

— Oui, je le veux toujours.

Cette année-là, il plut beaucoup. Il y eut des averses, des orages, des tempêtes. Il y eut même un cyclone qui, venant de la mer, dévasta l'île d'un bout à l'autre. Mais le palais royal était bien bâti, et pas une goutte d'eau ne parvint au bureau du roi.

L'année suivante, il ne plut pas beaucoup, mais il y eut un tremblement de terre, suivi d'un raz de marée. Une partie de l'île s'effondra, et toute la côte fut inondée. Mais le palais du roi

était solide, et bâti sur une hauteur, de sorte que pas une goutte d'eau ne parvint jusqu'au timbre-poste.

Et puis, l'année d'après, il y eut la guerre. Le président de la République d'une île voisine envoya un beau jour une dizaine d'avions bombarder le palais royal.

Le roi, la reine et toute la cour eurent le temps de descendre à la cave, mais quand ils remontèrent, le palais commençait à brûler.

En voyant l'incendie, le roi fut affolé. Il aimait tendrement son fils, quoiqu'il fût dur pour lui et, plutôt que de le laisser brûler, il préférait tout de même le voir épouser la sirène. Pendant que les hommes faisaient la chaîne en passant des seaux d'eau, il pénétra dans le palais brûlant, un verre d'eau à la main, au péril de sa vie. Les flammes dansaient de toutes parts, la fumée l'aveuglait, le faisait tousser, les escarbilles volaient comme des boulets de canon, et le manteau royal commençait à roussir. Fort heureusement, le cabinet de travail était encore intact. Le roi chercha le timbre sur le mur, le trouva, l'embrassa en pleurant :

— Sois heureux, mon petit, murmura-t-il.

Puis il voulut jeter le contenu du verre d'eau sur le timbre... mais le timbre avait disparu. Une larme du roi l'avait mouillé pendant qu'il l'embrassait, et cela suffisait : le prince Blub avait rejoint le royaume des sirènes.

Presque aussitôt, il se mit à pleuvoir à verse,

et l'incendie fut bientôt maîtrisé. Une demi-heure plus tard, on trouva le vieux roi évanoui, couché de tout son long dans son bureau, un verre brisé dans la main droite.

On le releva, on l'emporta, on le soigna, mais à peine revenu à lui, il apprit une terrible nouvelle : la flotte ennemie était signalée. Elle arrivait à toute vapeur, pour tenter un débarquement.

Le roi réunit son conseil, et fit sortir tous ses bateaux de guerre. Il y avait peu d'espoir, car la flotte ennemie était la plus nombreuse, la mieux armée et la mieux entraînée. Après avoir donné des ordres et fait tout ce qui dépendait de lui, le roi s'en fut se promener, tout seul, au ras du flot, sur la plage même où le prince Blub avait coutume d'aller se baigner. Et tout en marchant, il pleurait, il se désolait :

— Ah, mon fils, mon enfant, dans quel état tu laisses ton pays !

Il n'avait pas plus tôt dit ça que le prince Blub était devant lui, couché parmi les vaguelettes. Il était entièrement nu, mais néanmoins très convenable, car, au-dessous de la ceinture, son corps n'était qu'une queue de poisson. A cette vue, le vieux roi se remit à pleurer de plus belle, sans pouvoir seulement proférer un mot.

— Ne pleure pas, mon père, dit l'ondin d'une voix douce. Tu m'as sauvé la vie, tu as su préférer mon bonheur à ta colère, mais sois tranquille : tu n'auras pas à le regretter. Car je suis à

présent un des princes de la mer et je te protége-
rai. Regarde un peu à l'horizon !

Le vieux roi obéit, et tressaillit sur place, car
les premiers bateaux ennemis étaient déjà
visibles et s'approchaient à grande vitesse.

— Mon Dieu ! s'écria-t-il.

— Regarde encore ! dit le prince Blub.

Les bateaux avançaient toujours, mais voici
qu'autour d'eux la mer se mit à blanchoyer, à
onduler, puis à noircir. Petit à petit, elle se rem-
plissait de choses bizarres, vivantes et mou-
vantes. On distinguait, par-ci par-là, une
nageoire battante, une queue tordue, une gueule
ouverte. La flotte ennemie semblait voguer sur
une mer de monstres.

— A présent, attaquez ! dit le prince Blub à
mi-voix.

Et aussitôt, ce fut la mise à mort. Des tenta-
cules jaillirent, des gueules s'ouvrirent, des
trombes d'eau volèrent. La mer se mit à écumer,
à mousser, à se démonter. Mille monstres
marins se jetèrent sur les bateaux, mordant, cre-
vant, tordant, brisant et déchiquetant tout ce qui
pouvait l'être. Les navires se soulevaient, se pen-
chaient, comme prêts à perdre l'équilibre, puis se
redressaient, s'agitaient, s'ébrouaient, puis se
couchaient sur le côté, se renversaient, piquaient
du nez, se débattant comme des bêtes blessées,
se fracassant les uns contre les autres, quel-
ques-uns même se roulant sur les flots comme

une personne dont les vêtements auraient pris feu.

Au bout d'une demi-heure, la mer était déserte et calme, l'horizon bleu et vide et la flotte ennemie entièrement détruite.

— Je te présente ma femme, dit le prince Blub.

Le roi baissa les yeux : la sirène était là, rose et blanche, et le prince la tenait par la taille.

— Je... Je m'excuse, dit le roi, gêné.

— Ne vous excusez pas, dit la sirène en souriant.

— Vous êtes trop bonne... Et dites-moi donc : vous aurez des enfants ?

— Non, dit le prince Blub.

— Et pourquoi donc ?

— Nous sommes immortels, expliqua la sirène. Et les races immortelles n'ont pas besoin de se reproduire.

— C'est juste, dit le roi. Malheureusement, il n'en est pas de même pour moi...

Il y eut un silence gêné.

— C'est vrai, dit le prince Blub à la sirène. Mon père n'a plus de successeur, et il a peur qu'après sa mort...

— Ce sera le désordre, interrompit le roi. Le désordre et la guerre. Car les ennemis en profiteront, comme toujours !

— Si ce n'est que cela, dit la sirène, je vais tout arranger. Demain matin, que Votre Majesté vienne se baigner sur cette plage, avec Sa Majesté la reine. Quand vous serez dans l'eau,

vous verrez un poisson d'argent qui viendra jouer autour de vous. Laissez-le faire, n'ayez pas peur de lui, et dans huit jours vous aurez un petit garçon.

Ainsi fut fait. Le lendemain matin, le vieux roi et la vieille reine se baignèrent à cet endroit. Un gros poisson d'argent s'en vint jouer autour d'eux et, une semaine plus tard, ils avaient un petit prince.

Tout cela se passait il y a bien longtemps. Aujourd'hui, le prince Blub est toujours un ondin. Ses parents, eux, sont morts, bien entendu, mais leurs petits-enfants règnent encore sur l'île heureuse, et aucune flotte ennemie n'ose venir les attaquer.

Le petit cochon futé

Il était une fois une maman Dieu, avec son petit Dieu. La maman Dieu était installée dans un grand fauteuil et reprisait des chaussettes pendant que le petit Dieu, assis à une grande table, finissait ses devoirs.

Le petit Dieu travaillait en silence. Et quand il eut fini, il demanda :

— Dis-moi, Maman : est-ce que tu me donnes la permission de faire un monde ?

La maman Dieu le regarda :

— Tu as fini tes devoirs ?

— Oui, Maman.

— Tu as appris tes leçons ?

— Oui, Maman.

— C'est bon. Alors, tu peux.

— Merci, Maman.

Le petit Dieu prit une feuille de papier, des crayons de couleurs, et il se mit à faire le monde.

Au commencement, il créa le ciel et la terre. Mais le ciel était vide, la terre aussi, et tous les deux baignaient dans l'obscurité.

Alors le petit Dieu créa les deux lumières : le soleil et la lune. Et il dit à haute voix :

— Que le soleil soit le monsieur, et la lune la dame.

Le soleil fut donc le monsieur, la lune la dame, et ils eurent une petite fille, qu'on appela la petite Aurore.

Ensuite le petit Dieu créa les plantes qui poussent sur la terre, et les algues qui poussent dans la mer. Puis il créa les bêtes qui marchent sur la terre, celles qui rampent, celles qui nagent dans l'eau et celles qui volent dans les airs.

Ensuite il créa l'homme, qui est le plus intelligent des animaux qui marchent sur la terre.

Quand il eut fait tout cela, la terre était remplie. Mais le ciel, à côté, paraissait bien vide. Alors le petit Dieu cria de toutes ses forces :

— Quels sont ceux qui veulent habiter le ciel ?

Tout le monde entendit, à l'exception du petit cochon qui était occupé à manger des glands de chêne. Car le petit cochon est si gourmand que, quand il mange, il n'entend rien.

Et tous ceux qui voulaient habiter le ciel vinrent à l'appel du petit Dieu : il y avait le bélier, le taureau, et le lion ; il y avait le scorpion, et le crabe, qu'on appelle cancer ; il y avait la chèvre, qu'on appelle capricorne ; il y avait le cygne et les poissons ; il y avait les deux centaures, dont l'un est appelé sagittaire, il y avait les deux ourses, la petite et la grande, ainsi que les deux chiens, le grand et le petit ; il y avait la baleine et le lièvre ; il y avait l'aigle et la colombe ; il y avait le dragon, le serpent, le lynx et la girafe ; il

y avait une jeune fille, qu'on appelle la Vierge ; il y avait un chasseur qui s'appelle Orion ; il y avait des tas de lettres grecques ; il y avait même des objets, comme la balance, par exemple.

Tout ce monde-là se rassembla et se mit à crier :

— Moi ! Moi ! Moi ! Moi, je veux habiter le ciel !

Alors le petit Dieu les prit l'un après l'autre et les cloua sur la voûte céleste à l'aide de ces gros clous d'argent qu'on appelle les étoiles. Ça leur faisait bien un peu mal, mais ils étaient tellement contents d'habiter le ciel qu'ils n'y regardaient pas de si près !

Lorsque tout fut fini, le ciel était tapissé d'êtres, et les étoiles brillaient de tous leurs feux.

— C'est très joli, tout ça, dit le soleil, mais moi, quand je vais me lever, je vais les griller vifs !

— C'est vrai, dit le petit Dieu, je n'y avais pas pensé !

Il réfléchit une minute, puis il dit :

— Eh bien en ce cas, c'est simple : chaque matin, la petite Aurore se lèvera avant son père et déclouera les habitants du ciel. Et chaque soir, quand il sera couché, elle les remettra en place !

Ainsi fut fait. C'est pourquoi, chaque matin, les étoiles disparaissent, pour ne revenir qu'à la nuit tombée.

Toutes choses étant ainsi réglées, le petit Dieu regarda son monde avec satisfaction.

— Tu sais, dit Maman Dieu, qu'il va être l'heure de te coucher ? Demain, il y a école !

— Tout de suite, Maman, dit le petit Dieu.

Et il allait se lever quand il entendit un grand bruit. C'était le petit cochon qui arrivait, tout courant, tout soufflant, et en criant de toutes ses forces :

— Eh bien, et moi, alors ? Eh bien, et moi, alors ?

— Eh bien quoi, toi alors ? demanda le petit Dieu.

— Pourquoi est-ce que je n'habite pas le ciel, moi aussi ?

— Pourquoi ne l'as-tu pas demandé ?

— Mais personne ne m'a dit qu'il fallait le demander !

— Comment, personne ? s'écria le petit Dieu. Tu n'as pas entendu, quand j'ai appelé des volontaires ?

— Non, je n'ai pas entendu.

— Qu'est-ce que tu faisais donc ?

— Je crois, dit le petit cochon en rougissant, que je mangeais des glands de chêne...

— Eh bien, tant pis pour toi ! dit le petit Dieu. Si tu n'étais pas aussi goinfre, tu m'aurais entendu. J'ai pourtant crié assez fort !

A ces mots, le petit cochon se mit à pleurnicher :

— Pitié, monsieur le petit Dieu ! Vous n'allez pas me laisser comme ça ? Trouvez-moi une petite place ! Dites aux autres de se serrer... Au

besoin, clouez-moi par-dessus ! Mais faites quelque chose, je vous en supplie !

— Impossible ! dit le petit Dieu. D'abord, il n'y a plus de place, tu le vois bien. Les autres ne peuvent pas se serrer davantage. Ensuite il n'y a plus d'étoiles pour te clouer au ciel. Enfin, je n'ai plus le temps : ça fait déjà une bonne minute que ma mère m'appelle !

Et, en disant ces mots, le petit Dieu se leva de table, et alla se coucher. Dix minutes plus tard, il dormait, dans son lit, parfaitement oublieux du monde qu'il avait créé, pendant que le petit cochon se roulait par terre en sanglotant :

— Je veux aller au ciel ! Je veux aller au ciel !

Mais quand il eut fini de se rouler par terre, il s'aperçut qu'il était seul. Alors il s'allongea, posa son groin sur ses pattes de devant et se mit à ronchonner :

— Je le sais bien qu'on ne m'aime pas ! Personne ne m'aime ! Tout le monde m'en veut ! Même Dieu ! Il a du parti-pris contre moi ! C'est exprès qu'il a appelé pendant que je mangeais, pour que je n'entende pas ! Et il s'est dépêché de remplir le ciel, pour que j'arrive trop tard ! Et qu'est-ce que ça veut dire, qu'il n'y a plus d'étoiles pour moi ? Il ne pouvait pas en faire d'autres, non ? — Oh ! Mais je vais me venger ! Ça ne se passera pas comme ça ! Ah, il n'y a plus d'étoiles pour moi ! C'est ce que nous allons voir !

Il se releva et il s'en fut en trottinant trouver la petite Aurore.

La petite Aurore venait de se lever, car la nuit tirait à sa fin, et elle finissait de se coiffer quand le petit cochon entra dans sa chambre :

— Ma pauvre petite Aurore ! dit-il d'un air contrit. Comme tu es malheureuse !

— Moi, malheureuse ? Oh, non !

— Oh si ! dit le petit cochon, tu es bien malheureuse ! Tes parents sont si durs pour toi !

— Durs, mes parents ? Et comment donc ?

— Comment ? Ce n'est pas dur d'obliger une enfant de ton âge à se lever avant le jour pour arracher les clous du ciel ? Et de la faire veiller la nuit pour les reclouer ? Moi, ça me révolte, quand j'y pense !

— Voyons, dit la petite Aurore, il ne faut pas te révolter pour si peu ! C'est plutôt amusant, ce travail... Moi, je ne me plains pas... Et puis, ce n'est pas la faute de mes parents ! C'est l'ordre du petit Dieu !

— Ne parlons pas du petit Dieu, dit le cochon avec amertume.

— Oh pardon ! Je t'ai fait de la peine ?

— Ce n'est rien, passons... Moi, tu comprends, je ne désire qu'une chose, c'est te rendre service. Si tu me méprises trop pour accepter, alors...

— Mais non, je ne te méprise pas ! protesta la petite Aurore. Qu'est-ce que tu veux, au juste ?

— Oh ! Moi, je ne veux rien ! Je propose, simplement...

— Eh bien, qu'est-ce que tu proposes ?

Le petit cochon baissa la voix :

— Eh bien, si tu voulais, je monterais avec toi ce matin, et je t'aiderais dans ton travail...

— Ma foi, dit la petite Aurore, s'il n'y a que ça pour te faire plaisir...

— Oh, mais ce n'est pas pour mon plaisir ! dit le petit cochon avec hauteur. C'est pour t'aider ! Uniquement pour t'aider !

— Eh bien d'accord. Partons !

La petite Aurore posa son peigne, prit un grand sac, le mit sur son épaule, et ils partirent.

Une fois montés au ciel, ils commencèrent le travail. Le petit cochon tenait le sac ouvert pendant que la petite Aurore y jetait les étoiles les unes après les autres. Et tous les habitants du ciel, à mesure qu'ils étaient décloués, redescendaient sur terre pour y passer la journée.

— C'est merveilleux ! dit la petite Aurore. Je vais deux fois plus vite que d'habitude ! Merci, petit cochon !

— De rien, de rien ! dit le petit cochon en riant à part soi.

Et, comme la petite Aurore jetait dans le sac ouvert les étoiles de la petite Ourse, le petit cochon sauta sur la plus belle, qui est l'Etoile Polaire, celle qui montre le Nord. Il l'attrapa au vol, la goba comme une truffe et s'enfuit en courant.

— Petit cochon ! Que fais-tu donc ? cria la petite Aurore.

Mais le petit cochon faisait la sourde oreille. A toutes pattes il regagna la terre et disparut bientôt.

Que faire ? La petite Aurore l'aurait bien poursuivi, mais avant tout il lui fallait finir d'enlever les étoiles du ciel, car déjà l'horizon blanchissait à l'Est. Elle se remit au travail et, seulement après qu'elle eut terminé, partit à la recherche de l'étoile polaire.

De l'aube jusqu'à midi, elle parcourut l'Asie. Mais nul n'y avait vu le petit cochon. De midi à quatre heures elle parcourut l'Afrique. Mais le petit cochon n'y avait pas paru. Après quatre heures, elle parcourut l'Europe.

Cependant le petit cochon, se sachant poursuivi, s'était réfugié en France, dans une ville qui s'appelle... — comment s'appelle-t-elle ? — Ah oui ! qui s'appelle Paris. En parcourant Paris, il avait enfilé une rue appelée... — appelée comment donc ? — Ah oui ! La rue Broca ! Et, au 69 de la rue Broca, il s'était engouffré dans une boutique ouverte. C'était une épicerie-buvette appartenant à... — zut ! A qui, déjà ? Ah oui ! A Papa Saïd !

Papa Saïd n'était pas là. Maman Saïd non plus. Ils s'étaient absentés l'un et l'autre, je ne sais plus pour quelle raison. D'autre part Nadia, la fille aînée, avait été enlevée par la méchante sorcière de la rue Mouffetard, et son petit frère Bachir était parti la délivrer. De sorte qu'il ne

restait plus, pour garder la boutique, que les deux dernières filles : Malika et Rachida.

Elles y étaient, bien tranquilles, au début de l'après-midi, lorsqu'elles virent entrer, en coup de vent, un petit cochon, un joli petit cochon dont la peau bien tendue dégageait une douce lumière rose (à cause de l'étoile qu'il avait dans le ventre). Et ce petit cochon les supplia d'une voix entrecoupée :

— Sauvez-moi ! Je vous en prie ! Sauvez-moi !

— De quoi donc, te sauver ? demanda Malika.

— D'une petite fille ! De la petite Aurore ! Elle me court après ! Elle veut me tuer ! Pour me manger !

— Pas possible ! s'écria Rachida.

— Si ! Si ! Elle me poursuit depuis ce matin ! Si vous ne me cachez pas, elle me mangera !

Et le petit cochon versa de grosses larmes.

Les deux filles se regardèrent :

— Pauvre bête, dit Malika.

— Il faut faire quelque chose ! décida Rachida.

— Et si on le cachait dans la cave ? proposa Malika.

— Ça, c'est une bonne idée !

Elles firent descendre le petit cochon dans la cave, et elles allaient refermer la trappe lorsqu'il les arrêta :

— Alors, si on me demande, vous ne m'avez pas vu. C'est bien compris ?

— D'accord ! dit Malika.

— Ah ! Et puis j'oubliais ! La petite Aurore vous racontera sans doute une histoire à dormir debout au sujet d'une étoile que j'aurais mangée... C'est complètement absurde, évidemment : les petits cochons ne mangent pas d'étoiles. J'espère que vous ne la croirez pas...

— Bien sûr que non ! dit Rachida.

— Un mot encore ! Ne parlez pas de moi à vos parents, ça vaudra mieux... Les parents, vous savez, c'est bête, ça ne comprend pas la vie...

— C'est entendu ! dirent les petites filles.

Et elles laissèrent retomber la trappe. Ensuite, elles se regardèrent :

— Pourquoi ne veut-il pas que nous le disions à nos parents ? murmura Malika d'un air soupçonneux. C'est louche !

— Et pourquoi brille-t-il comme ça dans l'obscurité ? demanda Rachida. Tu l'as vu, dans la cave, pendant qu'il nous parlait ? On aurait dit une lampe avec un abat-jour rose !

Malika fit la petite bouche : elle réfléchissait.

— C'est peut-être vrai, cette histoire d'étoile, après tout...

— Mais en ce cas, nous avons tort de le cacher ? demanda Rachida, très inquiète.

— Tant pis ! dit Malika. Il fallait y penser plus tôt ! A présent, nous l'avons accueilli, nous n'avons plus le droit de le trahir !

Vers cinq heures de l'après-midi, la petite Aurore entra dans la boutique.

— Boujour, Mesdemoiselles ! Est-ce que par hasard vous n'auriez pas vu un petit cochon rose ?

— Tout rose, et lumineux ? demanda Malika.

— Exactement !

— Non, nous ne l'avons pas vu !

— En ce cas, je m'excuse, dit la petite Aurore. Au revoir, Mesdemoiselles !

Et elle sortit. Mais, cinq minutes après, elle revenait :

— Pardon, Mesdemoiselles. C'est au sujet du petit cochon... Si vous ne l'avez pas vu, comment savez-vous qu'il est lumineux ?

— C'est parce qu'il a mangé une étoile, répondit Rachida.

— C'est cela même. Vous l'avez vu ?

— Non, non !

— Ah ! Bon...

Et la petite Aurore sortit pour la seconde fois. Mais à peine dehors, elle fronça les sourcils, puis elle rentra de nouveau dans la boutique :

— Pardon, Mesdemoiselles, c'est encore moi... Vous êtes vraiment bien sûres de ne pas avoir vu ce petit cochon ?

— Oh oui ! Tout à fait sûres ! Absolument sûres ! dirent ensemble Malika et Rachida, en rougissant comme des pivoines.

La petite Aurore les regarda d'un œil plein de soupçon, mais comme elle n'avait pas de preuves, elle n'osa pas revenir à la charge et s'en alla, cette fois, pour de bon.

A six heures du soir, Papa Saïd revint avec Maman. Ils demandèrent aux petites filles :

— Il ne s'est rien passé, aujourd'hui ?

— Si, dirent-elles. Nadia a été enlevée par la méchante sorcière.

— Ah ? Et alors ?

— Alors Bachir est parti pour la délivrer.

— Ah ? Très bien ! Rien de plus ?

— Non, rien de plus...

— Parfait. Venez goûter.

Quelques heures plus tard, la journée finissait. La petite Aurore avait parcouru le monde, sans résultat, et déjà c'était l'heure où elle devait remettre en place les habitants du ciel. Elle prit son sac d'étoiles, appela les animaux célestes et se mit à les reclouer. Quand elle en fut à la petite Ourse, elle la fixa du mieux qu'elle put avec les étoiles qu'elle avait, et allait passer outre, quand la petite Ourse l'arrêta :

— Eh bien ? Et mon étoile polaire ? Tu oublies mon étoile polaire !

— Chut ! murmura la petite Aurore. Je crois que je l'ai perdue. Mais ne le dis à personne. Je te promets de la retrouver avant demain soir...

Mais la petite Ourse ne l'entendait pas de cette oreille. Elle se mit à hurler :

— Ouin ! Mon étoile polaire ! Ouin ! Je veux mon étoile polaire ! Ouin ! La petite fille a perdu mon étoile polaire !...

Elle faisait tant de bruit que la lune accourut :

— Eh bien quoi ? Qu'est-ce qui se passe ?

La petite Aurore, toute honteuse, mit sa mère au courant.

— Pourquoi ne l'as-tu pas dit plus tôt ?

— Je n'osais pas, Maman... J'espérais la retrouver toute seule...

— Eh bien, ce n'est pas malin ! A présent, il va falloir le dire à ton père ! Et il n'aime pas qu'on le réveille, ton père, une fois qu'il est couché !

La petite Aurore, toute reniflante, acheva son travail, aidée par sa maman. Quand elles eurent fini, elles s'en furent réveiller le soleil.

Cette nuit-là, qui était une belle nuit claire, il n'y eut pas d'étoile polaire, mais à sa place un grand trou noir dans le ciel. Et beaucoup de bateaux, qui étaient partis pour l'Amérique, se retrouvèrent en Afrique ou même en Australie parce qu'ils avaient perdu le Nord.

— Ah ! C'est malin ! cria le soleil d'une voix terrible, en jetant des flammes dans tous les sens. Qu'est-ce que j'ai bien pu faire au ciel pour avoir une petite imbécile... Je me demande ce qui me retient...

— Allons, ne te fâche pas, dit la lune avec impatience. A quoi ça t'avancera ?

— C'est vrai, dit le soleil. Mais tout de même.

Puis, se tournant vers la petite Aurore, il lui demanda :

— Voyons, qu'est-ce qui s'est passé au juste ? Raconte-moi tout.

Et, quand la petite Aurore eut achevé son récit :

— Le petit cochon, dit-il, est sûrement chez Papa Saïd. Ce sont les petites filles qui l'ont caché. Vite, qu'on me donne mon grand manteau noir, mon chapeau noir, mon écharpe noire, mon masque noir et mes lunettes noires, et j'y vais de ce pas !

Le soleil mit son grand manteau noir, son chapeau noir, son écharpe noire, son masque noir et ses lunettes noires. Ainsi vêtu, personne ne pouvait deviner que c'était le soleil. Il descendit sur terre et s'en fut tout droit chez Papa Saïd.

Quand il entra dans la boutique. Papa Saïd lui demanda :

— Et pour Monsieur, ce sera ?

— Rien, dit le soleil. Je voudrais vous parler.

En entendant ces mots, Papa Saïd le prit pour un représentant :

— En ce cas, dit-il, revenez demain ! Pourquoi venez-vous toujours à cette heure-ci ? Vous voyez bien que j'ai des clients à servir !

— Je ne suis pas celui que vous croyez, dit le soleil. Je viens chercher le petit cochon qui a mangé l'étoile polaire.

— Qu'est-ce que vous me racontez ? Il n'y a pas de petit cochon, ici !

— Et moi, dit le soleil, je suis sûr qu'il y est. Ce sont vos enfants qui l'ont fait entrer.

Papa Saïd appela ses quatre enfants, qui regardaient la télévision :

— Qu'est-ce que c'est que cette histoire ? Vous avez vu un petit cochon, vous autres ?

— Moi, dit Nadia, je n'étais pas là de la journée : j'ai été enlevée par la sorcière.

— Moi non plus, dit Bachir : je suis parti délivrer ma sœur.

Mais Malika et Rachida restaient sans dire un mot, la tête basse. Papa Saïd leur demanda :

— Et vous, alors ? Vous avez vu un petit cochon ?

— Petit cochon ? demanda Malika d'une voix faible.

— Petit cochon ? répéta Rachida.

Papa Saïd perdit patience.

— Oui ! Un petit cochon ! Pas un hippopotame, bien sûr ! Vous êtes sourdes ?

— Tu as vu un petit cochon, toi ? demanda Malika à Rachida.

— Moi ? Oh, non ! répondit Rachida. Et toi ? Tu en as vu un, de petit cochon ?

— Non, moi non plus. Pas de petit cochon...

— Vraiment ! dit le soleil. Vous êtes sûres ? Un petit cochon tout vert, qui était poursuivi par un vieux monsieur avec une jambe de bois ?

— Ce n'est pas vrai ! dit Malika avec indignation. Il était rose !

— Et puis, dit Rachida avec énergie, ce n'était pas un vieux monsieur qui le poursuivait : c'était une petite fille ! Et elle n'avait pas de jambe de bois !

Au même instant, elles s'arrêtèrent de parler,

se regardèrent l'une l'autre et rougirent jus-qu'aux oreilles, comprenant bien qu'elles s'étaient trahies.

— Voilà la preuve ! dit le soleil.

— Qu'est-ce que ça veut dire ? cria Papa Saïd. Cacher un petit cochon chez moi ! Et sans me le dire, encore ! Et chercher à mentir, par-dessus le marché !

Les deux petites filles se mirent à pleurer :

— Mais ce n'est pas de notre faute !

— Nous, on a cru bien faire !

— Il nous a tant priées !

— Il nous a suppliées !

— Il nous a dit que la petite fille voulait le tuer !

— Le tuer pour le manger !

— Assez de mensonges ! cria Papa Saïd. Venez ici, que je vous donne une fessée !

Mais, cette fois, le soleil intervint :

— Ne les battez pas, monsieur Saïd, je suis sûr qu'elles disent vrai. Je connais ce petit cochon : c'est un vilain menteur, et il est très capable de leur avoir dit ça !

Puis, se tournant vers les deux filles, il leur demanda avec bonté :

— Et où l'avez-vous mis ?

— Dans la cave, murmura Malika.

— Pourriez-vous me montrer votre cave ? demanda le soleil à Papa Saïd.

— C'est que... j'aimerais mieux pas ! dit Papa Saïd. Je n'aime pas beaucoup ce genre d'his-

toires, moi. Et puis, je risque d'avoir des ennuis. Es-ce que je sais seulement qui vous êtes ?

— Je suis le soleil, dit le soleil.

— En ce cas, prouvez-le. Enlevez vos lunettes !

— Je ne peux pas, dit le soleil. Car si je les enlevais, toute la maison prendrait feu !

— Alors, gardez-les, dit Papa Saïd. Et passez derrière le comptoir.

Il souleva la trappe. Tous les clients de la buvette qui avaient écouté cette conversation s'approchèrent pour voir. Lorsque la trappe fut soulevée, il en sortit une douce lumière rose.

— Il est ici ! cria le soleil.

Et, sans même descendre l'échelle, il allongea un long, long bras, ramena le petit cochon par une oreille et le posa sur le comptoir de marbre. Le petit cochon se débattait, se tortillait, et criait de toutes ses forces :

— Lâchez-moi ! Laissez-moi ! Je veux rester ici !

— Tu resteras où tu voudras, dit le soleil, mais moi, je veux l'étoile.

— L'étoile ? Quelle étoile ? Je ne connais pas d'étoile ! Je n'ai jamais vu d'étoile !

— Menteur ! dit le soleil. Même à travers ton ventre, je la vois qui brille !

Le petit cochon regarda son ventre, vit la lumière de l'étoile, et renonça à feindre :

— Eh bien, reprenez-la, votre étoile ! dit-il. Je n'en veux pas, de votre étoile ! Je n'en ai jamais

voulu, d'abord ! Je n'ai pas fait exprès de la manger !

— Ne parle pas tant, dit le soleil, et crache-la, si tu peux !

Le petit cochon fit de grands efforts pour essayer de cracher l'étoile, mais il n'y arriva pas.

— Il faudrait le faire vomir, dit le soleil.

— J'ai une idée ! dit Papa Saïd.

Il fit, dans un grand verre, un mélange de café, de moutarde, de sel, de grenadine, de rhum, de Pastis, de cognac et de bière. Le petit cochon avala cette mixture, devint tout pâle, et se mit à vomir comme s'il allait se vider de toutes ses tripes — mais l'étoile ne sortit pas.

A trois heures du matin, on alla réveiller un vétérinaire, et l'on fit prendre au petit cochon une purge de cheval, en espérant qu'il évacuerait l'étoile par l'autre bout. Entre quatre et cinq heures, le petit cochon fit bien des choses — mais toujours pas d'étoile.

Sur le coup de cinq heures et demie, le soleil s'écria :

— Tant pis ! Je n'ai plus le temps d'attendre ! C'est bientôt l'heure de me lever, je vais employer les grands moyens ! Monsieur Saïd, avez-vous un couteau ?

Papa Saïd, qui, lui aussi, trouvait le temps long, sortit le grand couteau à couper les bananes. Le soleil s'en saisit et, sans faire ni une ni deux, il le planta dans le dos du petit cochon, y faisant une large entaille. Puis il glissa deux

93

doigts dans cette fente, en retira l'étoile polaire et la mit dans sa poche. Le petit cochon pleurait de grosses larmes, mais il ne disait rien : il avait beau être un vilain menteur, c'était quand même un courageux petit cochon.

— Merci, monsieur Saïd, dit le soleil. Et toutes mes excuses pour cette nuit blanche. A présent il me faut partir, car la petite Aurore commence déjà à enlever les étoiles du ciel. Je ne sais vraiment que faire pour vous récompenser de votre gentillesse...

— Moi, je sais, dit Papa Saïd. Brillez toujours bien fort, afin que les gens aient soif et que mes affaires marchent...

— Eh bien, c'est entendu, je ferai ce que je pourrai !

Puis, se tournant vers le petit cochon, le soleil ajouta :

— Quant à toi, pour ta punition, puisque tu aimes tant manger des choses qui brillent, tu seras changé en tirelire ! Tu garderas cette fente dans ton dos, monsieur Saïd y glissera les pourboires, et tu ne seras délivré que quand tu seras rempli !

— Chic ! dit le petit cochon. Ce sera vite fait !

— Tu te fais des illusions ! dit le soleil.

Et il dit à mi-voix une formule magique. Le petit cochon ne bougea plus : il était changé en tirelire.

Les clients se penchèrent pour le regarder de plus près. Pendant ce temps, le soleil prit la

porte et s'envola. Aussitôt, tout le monde, y compris les enfants, sortit de la boutique pour le regarder partir... Au bout de quelques secondes, il avait disparu.

Cette journée-là fut grise, car le soleil était un peu fatigué. Mais, dès la nuit suivante, l'étoile polaire avait repris sa place dans le ciel, et les bateaux qui étaient partis pour l'Amérique arrivèrent en Amérique.

Quant au petit cochon, le soleil avait eu bien raison de douter de sa proche délivrance. Certes, il arrive souvent que les clients laissent des pourboires. Certes, Papa Saïd n'oublie jamais de glisser ces pourboires dans la fente. Mais comme les enfants viennent y puiser, je ne dis pas tous les jours, mais plusieurs fois par jour, il est à craindre que le petit cochon ne soit jamais rempli !

Je-ne-sais-qui, je-ne-sais-quoi

Il était une fois un riche marchand qui avait trois fils : les deux premiers étaient intelligents, et le troisième idiot — mais tellement idiot qu'on l'appelait *Manque-de-Chance*. Chaque fois qu'il portait quelque chose, il le laissait tomber. Chaque fois qu'il ouvrait la bouche, il disait une sottise. Chaque fois qu'il prenait un outil, il faisait un malheur. Et les gens du pays, qui le connaissaient bien, préféraient le nourrir gratis, plutôt que le laisser toucher à quoi que ce soit.

Un beau jour, le marchand réunit ses trois fils et leur dit :

— Maintenant que vous êtes grands, vous devez apprendre le métier. Je vais donner à chacun de vous cent pièces d'or pour acheter des marchandises, et un bateau pour aller les vendre en pays étranger.

— A Manque-de-Chance aussi ? demandèrent les deux aînés.

— A Manque-de-Chance aussi.

— Mais il est complètement idiot !

— Idiot ou non, c'est tout de même mon fils, et il sera traité exactement comme vous !

Le marchand donna donc cent pièces d'or à chacun de ses fils, et les voilà partis tous les trois pour la ville afin d'acheter des marchandises. Le fils aîné, qui s'est levé tôt, arrive le premier. Il achète des fourrures et il en emplit son bateau. Le second fils arrive ensuite, et charge son bateau d'une cargaison de miel. Quant à Manque-de-Chance, il se lève sur le coup de midi, déjeune sans se presser, et se met en route vers deux heures. Mais avant d'arriver à la ville, il rencontre en chemin une bande d'enfants qui ont attrapé un chat et qui essaient de le fourrer dans un sac.

— Pourquoi faites-vous ça ? demande l'idiot.

— Pour le noyer, répondent les enfants.

— Et pourquoi le noyer ?

— Parce que ça nous amuse.

Manque-de-Chance a pitié du chat. Il dit aux enfants :

— Ne faites pas ça. Donnez-le-moi.

— Non, non ! disent les enfants. On préfère le noyer. C'est plus drôle !

— Alors, vendez-le-moi !

— Combien nous en donnes-tu ?

— Je ne sais pas. Combien en voulez-vous ?

— Cela dépend. Combien as-tu sur toi ?

— J'ai cent pièces d'or.

— Eh bien, donne-les-nous, et le chat est à toi.

L'idiot, sans discuter, donne les cent pièces d'or et emporte le chat.

Quand les trois frères sont rentrés chez eux, le père leur demande :

— Qu'avez-vous acheté ?

— Moi, dit l'aîné, j'ai acheté des fourrures.

— Moi, dit le deuxième, j'ai acheté du miel.

— Et moi, dit Manque-de-Chance, j'ai acheté ce chat que des enfants voulaient noyer.

En entendant cela, les deux aînés se mettent à rire.

— Ah ! Manque-de-Chance ! C'est bien toi ! Un chat pour cent pièces d'or !

— N'importe, dit le père. Ce qui est fait est fait. Il partira sur mer et il vendra son chat, comme vous vos marchandises.

Il bénit ses trois fils et, le lendemain matin, chacun s'embarque sur son bateau. Ils naviguent, ils naviguent, et au bout de trois mois ils arrivent dans une île inconnue.

Or dans cette île il n'y avait pas de chats : les souris pullulaient, comme l'herbe dans les champs, rongeant tout, perçant tout, et dévorant tout. C'était une calamité publique.

Le frère aîné débarque un soir, et porte ses fourrures au marché. Mais le lendemain matin, quand il veut les vendre, elles sont pleines de

trous, car les souris les ont rongées pendant la nuit.

Le second frère débarque ensuite et porte, lui aussi, son miel au marché. Mais le lendemain matin, les tonneaux sont percés, le miel s'est répandu à terre, et il est plein de crottes de souris.

Le troisième jour, l'idiot débarque avec son chat en laisse. Mais à peine arrivé au marché, voilà que le chat se met à tuer des souris. Il en tue dix, vingt, cent, c'est un vrai massacre. Les marchands du pays viennent dire à l'idiot :

— Combien vends-tu cette bête merveilleuse ?

— Je ne sais pas, dit Manque-de-Chance. Combien m'en donnez-vous ?

— Nous t'en donnons trois tonneaux d'or.

— Eh bien, c'est entendu !

L'idiot donne le chat, reçoit trois tonneaux d'or, puis, comme il voit ses frères qui font une drôle de tête, il leur dit :

— Allons, ne soyez pas tristes ! Prenez chacun un tonneau d'or, et laissez-moi ici avec le troisième !

— Merci, disent les frères. Mais pourquoi te laisser ici ? Tu ne reviens donc pas chez notre père ?

— Non, répond Manque-de-Chance. Je me trouve très bien dans ce pays. C'est le seul où l'on ne m'ait pas encore traité d'idiot.

— Alors, adieu !

— Adieu !

Et les deux frères s'en vont, chacun dans son bateau avec son tonneau d'or. Manque-de-Chance reste avec le troisième tonneau.

— Qu'est-ce que je vais bien pouvoir en faire ? songe-t-il. Je n'ai pas besoin de tout cet or-là, moi...

Il distribue son or aux pauvres, puis il vend son bateau pour acheter de l'encens. De cet encens il fait un gros tas sur la plage. Une fois la nuit venue, il y met le feu et, pendant que l'encens brûle, il se met à danser tout autour en criant :

— C'est pour toi, gentil Dieu ! C'est pour toi, gentil Dieu !

Alors un ange de Dieu descend du ciel dans la colonne de fumée et lui dit :

— Grand merci, Manque-de-Chance ! Pour te récompenser, la première chose que tu demanderas, je suis chargé de te l'accorder ! Qu'est-ce que tu veux ?

Voilà notre idiot bien embarrassé :

— Ce que je veux ? Mais qu'est-ce que je veux ? Je n'en sais rien, moi ! Je n'ai jamais pensé à ça !

— Ecoute, dit l'ange avec bonté, prends ton temps, promène-toi, et demande conseil aux trois premières personnes que tu rencontreras.

— Grand merci, monsieur l'ange, répond l'idiot.

Et le voilà parti. Au bout de quelques pas il rencontre un marin :

— Dis-moi, marin, pourrais-tu me donner un conseil ? Un ange de Dieu m'a demandé ce que je voulais. Qu'est-ce que je dois lui répondre ?

Le marin se met à rire :

— Est-ce que je sais ? Je ne suis pas dans ta peau !

Mais Manque-de-Chance, voyant que le marin se moque de lui, se fâche tout rouge :

— Ah ! C'est comme ça ! dit-il.

Et pan ! D'un coup de poing il lui fracasse le crâne.

Un peu plus loin, il croise un paysan :

— Dis-moi donc, paysan : un ange de Dieu m'a demandé ce que je voulais. Qu'est-ce que je dois lui répondre, à ton avis ?

Le paysan se met à rire :

— Demande-lui ce que tu veux. Ça te regarde, non ?

Mais à ces mots l'idiot se fâche tout rouge :

— Ah ! C'est comme ça !

Et pan ! D'un coup de poing il tue le paysan.

Un peu plus loin, il rencontre une vieille femme :

— Dis-moi, grand-mère, je suis embarrassé. Un ange de Dieu m'a demandé ce que je voulais...

La vieille le regarde. Elle comprend tout de suite qu'il n'est pas très malin. Elle répond sérieusement :

— Il y a de quoi être embarrassé, en effet... Tu peux, bien sûr, demander la richesse... Mais si tu

deviens trop riche, tu risques fort d'oublier Dieu... Moi, à ta place, je demanderais une femme de bon conseil.

— Merci, bonne vieille !

Et notre idiot s'en retourne à la plage. Le tas d'encens est encore rouge, et l'ange de Dieu est toujours là, au-dessus, dans la fumée.

— Alors, Manque-de-Chance, que désires-tu ?

— Je veux une femme de bon conseil !

— Parfait ! dit l'ange. Tu as très bien choisi. Va te promener, demain matin, dans les bois, et tu la trouveras.

Et l'ange remonte au ciel de Dieu.

Le lendemain matin, l'idiot s'en va dans la forêt prochaine. Il y marche longtemps, longtemps, sans rencontrer personne. Tout à coup il entend, de derrière un buisson, une voix suppliante :

— Ne me tue pas ! Ne me tue pas !

Il se penche, il regarde : une tourterelle blessée, les plumes tachées de sang, saute sur une patte en gémissant :

— Ne me tue pas ! Ne me tue pas !

— Je n'ai nullement l'intention de te tuer ! dit l'idiot.

— Alors, prends-moi dans tes bras, dit la tourterelle.

— Je n'ai pas le temps, répond l'idiot. J'ai rendez-vous, vois-tu...

Mais la tourterelle répète, sur un ton plaintif :

— Si ! Prends-moi dans tes bras, berce-moi dans tes bras...

Manque-de-Chance a pitié. Il prend la tourterelle, il la berce doucement, il embrasse sa petite tête. La tourterelle lui dit :

— C'est bien. Encore. Et quand je m'endormirai, donne un petit coup avec ton doigt sur mon aile droite.

Manque-de-Chance continue de la caresser. Au bout d'une minute, la tourterelle ferme les yeux, et commence à piquer du bec en avant. Alors l'idiot donne un petit coup avec son doigt sur l'aile droite et... ce n'est plus un oiseau qu'il tient entre ses bras, c'est une merveilleuse jeune fille, qui se met à chanter :

> *Tu as su m'attraper*
> *Tu as su me garder*
> *Je serai ton épouse à jamais.*

Manque-de-Chance est ravi, mais en même temps un peu honteux :

— Hélas, dit-il, je vois que tu es belle et sage, mais je n'ai pas de métier pour te faire vivre, et partout on m'appelle Manque-de-Chance.

La jeune fille rit, l'embrasse et lui répond :

— A partir d'aujourd'hui, on ne t'appellera plus Manque-de-Chance, on t'appellera Heureux-Veinard !

— Tu es gentille, répond l'idiot, mais je dois te

prévenir : je ne sais même pas où nous couche-
rons ce soir !

— Peu importe ! Allons droit devant nous !

Ils vont droit devant eux, là où leurs yeux
regardent. Quand la nuit tombe, ils s'arrêtent
sous un arbre, et la femme dit à son mari :

— Fais ta prière et couche-toi. Demain il fera
jour.

L'idiot fait sa prière, il se couche et s'endort.
Quand il s'est endormi, la jeune femme tire de
son corsage un livre de magie, elle l'ouvre et lit à
haute voix :

> *Serviteurs de ma mère*
> *Venez à mon secours !*

Aussitôt, deux géants apparaissent :

— Fille de ta mère, que nous veux-tu ?

— Je veux que vous me construisiez un magnifique palais, avec tout ce qu'il faut : les domestiques, les meubles, l'office et la cave.

— Fille de ta mère, compte sur nous !

Et le lendemain, quand l'idiot se réveille, il est
dans un grand lit, dans la plus belle chambre
d'un palais magnifique. Une vingtaine de domestiques viennent lui servir son petit déjeuner. En
se retournant, il s'aperçoit que sa femme est
couchée près de lui. Il lui demande :

— Qu'est-ce qui nous arrive ?

— Ce n'est rien, répond-elle. Comme je ne

dormais pas, cette nuit, j'ai fait cela pour m'amuser.

L'idiot la regarde avec admiration :

— C'est vrai que tu es sage ! dit-il.

Elle se met à rire :

— Tu n'as encore rien vu ! Pour le moment, dépêche-toi de déjeuner. Quand tu auras fini, tu iras voir le roi pour t'excuser d'avoir bâti dans son domaine.

L'idiot déjeune, s'habille, puis on le conduit, dans un carrosse, jusqu'à la capitale, et il va voir le roi.

— Que me veux-tu ? demande le roi.

— Je viens m'excuser, Votre Majesté.

— T'excuser ? Et de quoi, t'excuser ?

— D'avoir bâti un palais sur vos terres.

— Hum ! dit le roi, la faute n'est pas bien grave... Mais puisque tu es là, montre-le-moi, ce palais ! Je suis curieux de le voir, tout de même...

— Volontiers, Votre Majesté.

L'idiot emmène le roi, dans son carrosse, jusque chez lui. Lorsque le roi voit le palais, de l'extérieur, il en bâille d'admiration. Lorsqu'il voit l'intérieur, il pousse des cris d'émerveillement. Mais quand il voit la femme de l'idiot, il devient triste et ne peut plus rien dire, car il est amoureux.

En le voyant rentrer, sa mère lui demande :

— Pourquoi es-tu mélancolique, mon enfant ?

105

— Ah ! dit le roi, c'est que j'ai de mauvaises pensées !

— Lesquelles ?

— J'ai vu la femme de l'idiot, je suis amoureux d'elle et je trouve injuste que cette femme ne m'appartienne pas !

— En ce cas, dit la vieille reine, il faut la lui voler !

— Oui, mais comment ? Ils sont mariés ensemble !

— Ecoute, dit la reine-mère, j'ai une idée : donne-lui quelque chose à faire, quelque chose de très, très difficile. Et s'il ne peut pas le faire, eh bien, coupe-lui la tête !

— Ça, dit le roi, c'est une bonne idée !

Et il se couche, tout réjoui.

Le lendemain, il fait venir l'idiot et lui dit :

— Puisque tu as construit ce beau palais, écoute ce que je t'ordonne : tu vas me faire une route, qui joindra ton palais au mien. Cette route sera pavée d'or. Elle sera bordée d'arbres dont chaque feuille sera une émeraude et chaque fruit un rubis. Dans chacun de ces arbres nichera un couple d'oiseaux de feu qui chanteront toutes les chansons du Paradis. Et au pied de chaque arbre il y aura un couple de chats marins qui miauleront pour les accompagner. Que tout cela soit prêt pour demain matin, sinon je te fais couper la tête !

L'idiot rentre chez lui, très abattu. Sa femme lui demande :

— Eh bien, quoi de neuf ?

— Ah ! Ne m'en parle pas ! répond l'idiot.

Il rapporte à sa femme les paroles du roi. La femme se met à rire :

— Rien que ça ? Mais c'est une plaisanterie ! Allons, fais ta prière et couche-toi : demain il fera jour.

L'idiot va se coucher. Dès qu'il est endormi, la femme sort du palais, tire de son corsage le livre de magie, l'ouvre et se met à lire :

> *Serviteurs de ma mère*
> *Venez à mon secours !*

Le lendemain matin, le roi met le nez à la fenêtre et, à sa grande surprise, il aperçoit la route pavée d'or qui joint les deux palais, avec les arbres d'émeraudes et de rubis, les oiseaux de feu qui chantent et les chats qui miaulent en mesure. Il appelle sa mère :

— Regarde, mère ! L'idiot est plus malin que tu ne croyais ! La route pavée d'or, il l'a faite en une nuit !

— Hum ! dit la reine-mère avec un méchant sourire, ce n'est pas lui qui est malin, c'est sa femme ! Mais ne te désole pas : j'ai une autre idée. Ordonne-lui d'aller dans l'autre monde, pour demander à feu ton père dans quel endroit il a caché son or. Il lui sera impossible d'y aller, et tu lui couperas la tête !

— Excellente idée ! dit le roi.

Et, le jour même, il ordonne à l'idiot :

— Puisque tu es si malin, va donc dans l'autre monde, et demande à mon père dans quel endroit il a caché son or. Et si tu ne le trouves pas, c'est inutile de revenir !

L'idiot rentre chez lui et rapporte à sa femme les paroles du roi. La femme se met à rire.

— A la bonne heure ! dit-elle. Cette fois, c'est du travail ! Allons, viens avec moi !

Elle sort de son corsage une boule magique, et la lance devant elle. La boule se met à rouler. Ils la suivent. La boule roule jusqu'à la mer. La mer s'écarte devant elle, et elle continue à rouler. L'idiot et sa jeune femme la suivent toujours. Ils marchent à présent entre deux murailles d'eau. Ils vont, ils vont, et quand la boule s'arrête, ils sont dans l'autre monde.

Une fois là, ils voient un très vieil homme, couronne en tête, qui porte sur son dos un immense tas de bois, et derrière lui, deux diables qui le fouettent pour le faire avancer.

— C'est le père du roi, dit la femme.

Alors l'idiot s'avance et il crie aux deux diables :

— Arrêtez !

— Qu'est-ce que tu veux ? demandent les diables.

— J'ai besoin de parler à cet homme !

— Et qui donc portera notre bois, pendant ce temps-là ?

— Une seconde, dit la femme.

Elle tire le livre de son corsage et elle appelle :

Serviteurs de ma mère
Venez à mon secours !

Les deux géants apparaissent aussitôt :

— Fille de ta mère, que nous veux-tu ?

— Portez le bois de ces deux diables, pendant que nous parlons avec cet homme.

Les deux géants se chargent du tas de bois. Aussitôt, le vieil homme tombe, tant il est fatigué. L'idiot s'approche de lui :

— C'est ton fils qui m'envoie. Il veut savoir dans quel endroit tu as caché ton or.

— Mon fils ? dit le vieux roi. Il ferait mieux de gouverner dans la justice, et de laisser mon or tranquille ! Dis-lui que s'il n'est pas meilleur que moi, il finira comme moi !

— C'est entendu, répond l'idiot, je lui dirai. Mais ce n'est pas cela qu'il me demande. Et l'or ?

Le vieux roi pousse un profond soupir, puis il détache une petite clef qui pendait à son cou :

— Allons, dit-il, je vois bien qu'à vous autres vivants il ne sert à rien de faire de la morale. Eh bien, dis à mon fils qu'il descende dans la cave du palais. Derrière les rangées de bouteilles, il trouvera la porte de mon trésor. Elle ouvre avec cette clef.

Et il donne la clef à l'idiot. Celui-ci remercie,

et prend avec sa femme le chemin du retour, pendant que les diables, revenus, remmènent le vieux roi en le chassant devant eux à coups de fouet.

Le lendemain, l'idiot se présente au palais. Le roi lui demande :

—Tu n'es donc pas encore parti ?

— Je suis parti, répond l'idiot, et je suis revenu. J'ai vu le père de Votre Majesté.

— Tu l'as vu ? Et où donc ?

— Dans l'autre monde, Votre Majesté.

— Et qu'est-ce qu'il y fait ?

— Il y porte du bois pour les diables, dit l'idiot, et les diables le fouettent pour le faire avancer.

Le roi fait la grimace. Ces choses-là ne sont pas agréables à entendre, surtout, comme c'est le cas, en présence de toute la Cour. Il baisse la voix et répond à l'idiot :

— Tu te moques de moi ?

— Oh non, Votre Majesté !

— C'est bon. Et qu'a-t-il dit ?

— Il a dit que vous feriez mieux de gouverner dans la justice, et de laisser son or tranquille, si vous ne voulez pas finir comme lui...

— Tu mens !

— Non, je ne mens pas, Votre Majesté !

— Alors, et la cachette ? Il n'a rien dit au sujet de la cachette ?

— Si, Votre Majesté. Descendez à la cave et, derrière les rangées de bouteilles, vous trouverez

une petite porte, qui ouvre avec cette clef...

Le roi arrache la clef des mains de l'idiot et sort en lui disant :

— J'y vais voir tout de suite. Et si ce n'est pas vrai, je te fais couper la tête !

Il descend à la cave, il écarte les bouteilles, et en effet il trouve une petite porte. Il l'ouvre : c'est la porte du trésor.

Le soir même, il dit à sa mère :

— L'idiot est encore plus malin que nous ne pensions. Il m'a rapporté la clef du trésor !

— Allons donc ! dit la reine-mère. C'est sa femme qui est maligne, ce n'est pas lui ! Mais sois tranquille, j'ai encore une idée : ordonne-lui d'aller je ne sais où, trouver je ne sais qui, pour lui demander je ne sais quoi. Cette fois il ne reviendra pas, et tu pourras lui prendre sa femme !

— Quelle merveilleuse idée ! s'écrie le roi, ravi.

Et le lendemain il ordonne à l'idiot :

— Va-t'en je ne sais où, trouver je ne sais qui, et demande-lui je ne sais quoi. Si tu as le malheur de revenir sans me le rapporter, je te fais couper la tête !

Et, au moment où l'idiot va sortir, il ajoute :

— Ah ! Et puis j'oubliais ! Tu laisseras ta femme ici ! Je lui interdis de t'accompagner !

Pour la troisième fois, l'idiot rentre chez lui et répète à sa femme les paroles du roi. Cette fois, la femme reste songeuse :

— Cela, dit-elle, c'est vraiment difficile. Et il faut que tu ailles seul...

Elle réfléchit longuement, puis elle donne à son mari une serviette brodée en lui disant :

— Ecoute-moi bien. Tu vas sortir d'ici et aller droit devant toi jusqu'au bout de la terre. Partout où tu t'arrêteras, demande à prendre un bain. Et ne t'essuie jamais qu'avec cette serviette, que j'ai brodée moi-même !

Puis elle tire de son corsage le livre de magie et lit à haute voix :

Serviteurs de ma mère
Venez à mon secours !

— Fille de ta mère, que nous veux-tu ? demandent les deux géants.

— Dès que mon mari sera parti, dit-elle, transformez ce palais en montagne et moi-même en rocher. De cette façon, le roi ne pourra rien sur moi.

L'idiot embrasse sa femme, puis il prend la serviette et s'éloigne. Au bout de quelques pas, il se retourne, et que voit-il ? A la place du palais, une haute montagne, et à la place de sa femme un rocher.

Il va, droit devant lui, là où ses yeux regardent, pendant des jours, des semaines, des mois. Il traverse une mer, puis une terre, puis encore une mer, puis d'autres terres et d'autres mers... tant et si bien qu'un jour il est au bout du

monde. En face de lui, il n'y a plus qu'un fleuve de feu. Et, tout près de ce fleuve, une petite maison.

Il entre dans la petite maison et, au milieu de la salle, assise dans un grand fauteuil, il trouve une vieille sorcière qui se met à renifler :

— Tfou ! Tfou ! Ça sent le chrétien, ici !

— Excuse-moi, Grand-mère, demande l'idiot, mais je cherche un pays qui s'appelle : je ne sais où.

— Tu n'as plus rien à chercher désormais, dit la vieille, car je vais te manger !

— Ma foi, comme tu veux, dit l'idiot. Mais laisse-moi prendre un bain !

— Certainement ! dit la vieille. Ça m'évitera d'avoir à te laver moi-même !

Elle lui fait chauffer un bain. L'idiot se lave et, quand il a fini, elle lui tend une serviette :

— Tiens ! Essuie-toi !

— Non, non, dit-il, j'ai ma serviette à moi.

Et il tire sa serviette brodée. En la voyant, la vieille change de figure. Elle lui demande :

— Où as-tu pris cette serviette ?

— Je ne l'ai pas prise. C'est ma femme qui l'a brodée.

— Ta femme ? Mais en ce cas... tu as épousé ma fille ! Il n'y a qu'elle et moi pour broder de cette manière... Dans mes bras, mon beau-fils !

Et la vieille saute au cou de l'idiot. Ensuite, elle l'interroge :

— Mais qu'est-ce que tu viens faire ici ?

L'idiot raconte son histoire : ses frères, le chat, l'ange, la tourterelle, et les ordres du roi.

— Dis-moi, Mère, tu ne connais pas un endroit qui s'appelle Je-ne-sais-où ?

— Non, dit la vieille, je ne connais pas. Mais attends donc, je vais me renseigner !

Elle sort de sa maison, se campe face à la forêt et crie de toutes ses forces :

— Bêtes de la forêt, venez à moi !

Aussitôt, toutes les bêtes de la forêt viennent à elle :

— Vieille du bout du monde, que nous veux-tu ?

— Connaissez-vous l'endroit qui s'appelle Je-ne-sais-où ?

— Non, nous ne connaissons pas.

— C'est bon. Allez-vous-en !

Les bêtes retournent dans la forêt. Alors la vieille lève les bras en l'air et crie de toutes ses forces :

— Oiseaux du ciel, venez à moi !

A ce moment, le ciel devient tout noir, et les oiseaux du monde entier viennent se percher près d'elle :

— Vieille du bout du monde, que nous veux-tu ?

— Connaissez-vous l'endroit qui s'appelle Je-ne-sais-où ?

— Non, nous ne connaissons pas.

— C'est bien. Au revoir !

Et les oiseaux s'envolent. Au même instant, l'idiot se met à pleurer :

— Personne ne connaît cet endroit ! Je ne reverrai plus mon pays, ni ma femme !

— Allons, grosse bête, ne pleure pas ! dit la vieille. Nous n'avons pas encore demandé aux poissons !

Elle le conduit jusqu'au bord de la mer. Une fois là, elle se met à crier :

— Poissons des mers et poissons des eaux douces, venez à moi !

Et là-dessus voilà tous les poissons du monde qui se mettent à grouiller sur la plage. La vieille leur demande :

— Connaissez-vous l'endroit qui s'appelle Je-ne-sais-où ?

— Non ! répondent les poissons.

— C'est bon. Adieu !

La vieille ramène l'idiot chez elle. L'idiot, cette fois, est tellement triste qu'il en oublie de pleurer. Et la vieille, elle non plus, ne dit pas un mot.

Quand ils arrivent près de la maison, ils entendent derrière eux une voix bizarre :

— Quoi ? Quoi ? Quoi ?

Ils se retournent. C'est une grenouille qui les poursuit en bondissant :

— Quoi ? Quoi ? Quoi ?

La vieille lui demande :

— Qu'est-ce que tu veux ?

La grenouille répond :

— Excuse-moi si je suis en retard. Je viens seulement d'apprendre que tu as appelé toutes les bêtes de la forêt...

— Et où donc étais-tu ? demande la vieille.

— J'étais, dit la grenouille, dans un endroit qui s'appelle Je-ne-sais-où.

— Ça tombe bien, dit la vieille. Veux-tu y emmener mon gendre que voici ?

— A ton service. Qu'il monte sur mon dos !

Et en disant ces mots, la grenouille s'enfle, s'enfle. Elle est bientôt devenue aussi grande qu'un homme. L'idiot monte à cheval sur elle. Il a tout juste le temps de crier à la vieille :

— Merci, petite Mère !

Et hop ! La grenouille saute par-dessus le fleuve de feu. Une fois de l'autre côté, elle dit à son cavalier :

— Maintenant, tu peux descendre. Tu es Je-ne-sais-où. Pour le retour, ne t'en fais pas : quand tu auras trouvé ce que tu cherches, tu n'auras plus besoin de moi.

Et hop ! Elle saute et disparaît.

Voilà l'idiot tout seul, au milieu de rochers déserts. Il marche quelque temps, puis il trouve une grande maison. Il y entre, il la fouille, la parcourt en tous sens... personne ! Comme il va pour sortir, il entend un bruit de pas dans l'entrée. Vite, il se cache dans une armoire de la grande salle, et regarde par une fente de la porte. Il voit entrer un majestueux vieillard, qui s'assoit sur une chaise et appelle :

— Je-ne-sais-qui !

Une voix lui répond :

— Oui, Seigneur ?

— J'ai faim. Dresse la table !

Une table surgit, couverte de bonnes choses à manger et à boire. Le vieillard mange, il boit, puis il appelle encore :

— Je-ne-sais-qui !

— Oui, Seigneur ?

— J'ai fini. Débarrasse la table !

Et aussitôt la table disparaît. Alors le majestueux vieillard se relève et s'en va. Une fois qu'il est parti, notre idiot sort de sa cachette, s'assoit sur une chaise et appelle à son tour :

— Je-ne-sais-qui ! Es-tu là ?

— Oui, j'y suis.

— J'ai faim. Dresse la table.

Et la table revient, couverte de bonnes choses. L'idiot va pour manger, mais il se ravise :

— Je-ne-sais-qui ! Tu es toujours là ?

— J'y suis toujours.

— Alors assieds-toi, et mange avec moi.

— Je te remercie, dit la voix, tout émue. Cela fait des millions d'années que je sers ce vieillard, et pas une seule fois il ne m'a invité à sa table. Toi, tu y as pensé tout de suite ! Eh bien, en récompense, je ne te quitterai plus !

Là-dessus, ils se mettent à table. Pendant que l'idiot mange, il voit en face de lui les plats qui disparaissent, les bouteilles qui se versent dans

les verres et les verres qui se vident. Quand il est rassasié, il demande à haute voix :

— Je-ne-sais-qui ! Tu as encore faim ?

— Non, Maître, j'ai fini.

— Alors, débarrasse la table !

La table disparaît.

— Je-ne-sais-qui ! Tu es encore là ?

— Je te l'ai dit, je ne te quitterai plus !

— Peux-tu me donner je-ne-sais-quoi ?

— Mais certainement, tout de suite ! Voici !

Et à ce moment-là, il se passe quelque chose d'extraordinaire. Rien n'a changé, et cependant tout change. L'idiot respire mieux, son sang circule plus vite. Il voit le monde autour de lui comme s'il ouvrait les yeux pour la première fois. Il trouve tout beau, tout bien, il comprend tout, il aime tout. Il se sent fort, libre, joyeux, et d'une gaieté folle. Il se met à rire tout seul :

— C'est pourtant vrai, dit-il, tu m'as donné je-ne-sais-quoi...

— Désires-tu autre chose ? demande la voix.

— Oui, dit l'idiot. Ramène-moi chez moi.

— Tout de suite. N'aie pas peur !

Au même moment, l'idiot se sent soulevé en l'air et voilà qu'il se met à voler, mais si vite, si vite, qu'il en perd son bonnet !

— Hé ! Je-ne-sais-qui ! Arrête ! J'ai perdu mon bonnet !

Mais la voix lui répond :

— Ton bonnet, Maître, est à vingt mille kilo-

mètres d'ici ! Il est perdu. Inutile de le recher-
cher !

Une minute plus tard, l'idiot s'arrête devant
une grande montagne, et touche terre auprès
d'un grand rocher. A peine a-t-il eu le temps de
s'y reconnaître que la montagne se change en
palais, et que le rocher redevient sa femme. Elle
lui saute au cou :

— Tu as trouvé ce que tu cherchais ?

— Une seconde ! répond l'idiot.

Puis il appelle :

— Je-ne-sais-qui !

— Oui, Maître !

— Peux-tu donner je-ne-sais-quoi à ma
femme ?

— Tout de suite ! Voilà !

Et aussitôt la femme se met à rire :

— C'est pourtant vrai, tu m'as donné je-ne-
sais-quoi... Maintenant, allons voir le roi !

Ils prennent leur carrosse et enfilent la route
pavée d'or. De chaque côté, les arbres tintent, les
oiseaux chantent et les chats miaulent. Ils arrivent au palais royal et entrent dans la salle du
trône.

— Encore toi ! crie le roi. Qu'est-ce que tu fais
ici ?

L'idiot répond :

— Je suis allé je-ne-sais-où, j'y ai trouvé je-
ne-sais-qui, et il m'a donné je-ne-sais-quoi. En
veux-tu ta part ?

— Ma foi oui, dit le roi. Je suis curieux de savoir...

Mais tout à coup il s'interrompt, puis il éclate de rire :

— Mais c'est pourtant vrai ! Tu m'as donné je-ne-sais-quoi !

Puis il appelle :

— Mère ! Mère !

La vieille reine arrive.

— Ecoute, mère ! L'idiot est revenu, il m'a donné je-ne-sais-quoi ! En veux-tu ta part ?

— Certainement non ! dit la reine-mère. Qu'est-ce que c'est que cette bêtise ?

— Allons, je-ne-sais-qui, donne-le-lui quand même ! demande l'idiot.

Mais la voix lui répond :

— Je ne peux pas : ce qu'elle n'accepte pas, il m'est impossible de le lui donner.

— A présent, cher idiot, dit le roi, garde ta femme et reste auprès de moi. Comme je n'ai pas d'enfant, tu seras mon successeur.

C'est ainsi qu'aujourd'hui tout le monde est heureux dans le royaume. Tout le monde, sauf la reine-mère qui reste morne, sèche et triste. Mais elle se console en se disant qu'elle est seule dans son bon sens, et que les autres sont tous fous.

CROYEZ-VOUS AU MERVEILLEUX ?

Êtes-vous à l'aise dans l'univers des contes ? Êtes-vous rêveur jusqu'à l'extravagance ? Vous estimez-vous au contraire plutôt réaliste ? Cochez pour chaque question la proposition qui correspond le mieux à votre caractère. Comptez ensuite le nombre de ☆, □, △, ○ obtenus et rendez-vous à la page des solutions pour en savoir plus sur vous-même.

1. *Minuit sonne ; vous entendez du bruit dans le placard à balais ; vous dites :*
A. C'est la sorcière de la rue Mouffetard ☆
B. C'est le fantôme de la tante Ursule △
C. J'ai dû mal ranger l'aspirateur □
D. Au secours ! il y a un voleur dans le placard ! ○

2. *Vous rencontrez au coin d'une rue un diablotin ; il vous demande l'heure ; vous lui répondez :*
A. Il est midi à quatorze heures ○
B. Va-t'en au diable ! □
C. « Vade retro, Satanas ! » △
D. C'est l'heure de baisser le feu sous la marmite ☆

3. *Vous avez toujours un verre d'eau fraîche près de votre lit :*
A. Pour que la petite sirène du prince Blub puisse vous rendre visite △
B. Pour le lancer à la figure d'un cauchemar ○
C. Pour étancher votre soif □
D. Pour je-ne-sais-qui ☆

4. *Vous entendez coasser derrière vous ; vous pensez :*
A. Pourvu qu'elle ne soit pas aussi grosse qu'un bœuf ! ☆
B. On a trouvé ma tirelire ! ○
C. Est-ce la grenouille qui va je-ne-sais-où ? △
D. A quelle sauce mange-t-on les cuisses de grenouille ? □

5. *La petite fée du logis, pour vous, c'est :*
A. La cire qui fait briller vos meubles □
B. La femme d'Heureux-Veinard △
C. La célèbre patate qui voulait devenir une frite ○
D. La bonne humeur ☆

6. *Comment aimeriez-vous voyager ?*
A. Sur le dos de la grenouille qui s'enfle □
B. En suivant la boule magique ☆
C. En chantant une chanson magique △
D. Sur le bateau de Manque-de-Chance ○

7. *Qu'est-ce que vous imaginez le plus facilement ?*
A. L'arrivée du petit cochon rose rue Broca ○
B. L'arrivée du petit diable rouge sur le quai du métro □
C. L'arrivée du prince Blub au Royaume des sirènes △
D. La tête de l'idiot se réveillant dans son palais magnifique ☆

8. *Quand un ange passe, vous dites :*
A. Quel silence ! □
B. « Si tu vas au ciel,
En patinant,
Fais un p'tit trou,
Et tir'moi dedans ! » ○
C. Si je fais un vœu, va-t-il l'exaucer ? △
D. C'est peut-être le gentil petit diable rouge ☆

9. *Le monstre du Loch Ness ?*
A. C'est le dernier survivant d'une espèce en voie de disparition ☆
B. On n'en parlerait pas tant s'il n'existait pas △
C. Il faut être écossais pour y croire □
D. Il faisait sûrement partie des monstres marins qui ont coulé la Flotte ennemie, au large du royaume du prince Blub ○

10. *Quand vous apercevez une étoile filante :*
A. Vous faites un vœu △
B. Vous dites : il n'y a pas de quoi en faire un monde ! □
C. Vous pensez : voilà qui aurait fait le bonheur du petit cochon ☆
D. Vous rêvez : si elle pouvait m'emmener je-ne-sais-où ! ○

Solutions page 155

1
LE GENTIL PETIT DIABLE
En Enfer

1. *Direction l'Enfer :*
Où l'auteur situe-t-il l'Enfer ? Cela vous paraît-il vraisemblable ? Sinon, où situeriez-vous l'Enfer vous-même ?

2. *Comment vous représentez-vous l'Enfer ?*
Pour stimuler votre imagination, vous pouvez chercher des reproductions de tableaux sur l'Enfer (de Jérôme Bosch par exemple). Décrivez l'Enfer : le décor, les machines qui s'y trouvent éventuellement, l'atmosphère, et tout ce qui s'y passe.

3. *Les activités d'un diablotin*
Le petit diable rouge est d'abord chargé d'entretenir la chaudière, puis il devient mineur ; qu'aurait-il pu faire d'autre encore en Enfer ?

4. *Le rouge et le bleu*
La couleur rouge convient-elle bien à un petit diable ? Pourquoi n'y a-t-il pas de diable bleu ? Pensez au petit refrain que propose Pierre Gripari dans une nouvelle intitulée *Dieu* :

  « Dieu est un p'tit bonhomm' tout bleu
  Qui fum' sa pipe au coin du feu ! »

5. *Le monde à l'envers*
Le petit diable rouge vient de fêter l'anniversaire d'un autre diable. A son retour, son père l'interroge. Écrivez le dialogue entre le grand diable vert et le gentil petit diable. (Et souvenez-vous : « Tout ce qui est bien chez nous est mal en Enfer ! »)

6. *Des expressions diaboliques*
« Le pauvre papa diable se prenait les cornes à deux mains » ; votre père, lui, se prendrait...
« Qu'est-ce que j'ai bien pu faire à la Terre ? » s'écrie le papa diable. Que dirait le vôtre ?
« À force de faire l'idiot, il est allé à Dieu ! » Nous, nous envoyons les gens ...

7. *Cela devient infernal !*
Cherchez l'origine du mot « infernal ». Prenez votre stylo le plus diabolique (écrit-il en rouge ou en noir ?) pour écrire à la manière d'un diable : « Une humeur angélique » deviendra bien sûr « une humeur diabolique ».
Mais attention ! « être aux anges » pourra-t-il donner « être au diable » ? Non, il vaudrait mieux dire : « se sentir comme un diable dans une fournaise »...

De même, transformez les expressions :
- un ange gardien
- une patience d'ange
- beau comme un ange
- qui veut faire l'ange fait la bête
Composez une diablerie où vous utiliserez les expressions que vous venez de forger... et d'autres encore !

Quelques diableries

De nombreuses expressions françaises font allusion au diable. Sauriez-vous rendre à celles-ci leur sens exact ? Si vous y parvenez, c'est que vous n'êtes pas un mauvais diable ! Répondez à ces questions en choisissant la réponse qui vous convient le mieux puis rendez-vous à la page des solutions.

1. *Avoir la beauté du diable veut dire :*
A. Être laid à faire peur
B. Ne pas être vraiment beau, mais avoir l'éclat de la jeunesse
C. Être d'une beauté exceptionnelle

2. *C'est le diable qui bat sa femme et marie sa fille signifie :*
A. Le tonnerre gronde et le ciel est illuminé par les éclairs
B. La pluie tombe et le soleil brille en même temps
C. Cet homme est trop tyrannique

3. *Être peigné comme la poupée du diable, c'est :*
A. Avoir les cheveux dressés et laqués en forme de cornes
B. Être tout décoiffé
C. Porter une superbe perruque

4. *Se démener comme un diable dans un bénitier signifie :*
A. S'efforcer de sortir d'une situation embarrassante
B. Faire le loup dans la bergerie
C. Sauter comme une grenouille sur une feuille de nénuphar

5. *Avoir le diable au corps,*
c'est :
A. Être dans une situation
infernale
B. Lutter contre une forte
tentation
C. Déployer une énergie
surhumaine

6. *Tirer le diable par la*
queue, c'est :
A. Avoir très peu d'argent
pour vivre
B. S'entendre avec le diable
C. Être plus méchant qu'un
diable

7. *Habiter au diable vauvert*
c'est habiter :
A. Très loin
B. Près de la station de
métro du même nom
C. Au milieu des pâturages

8. *Un travail fait à la diable a*
été accompli :
A. Sur un rythme endiablé
B. En bouillant
d'impatience
C. De façon bâclée

9. *Envoyer quelqu'un au*
diable signifie :
A. Le renvoyer avec colère
B. Le comparer à un démon
C. Le dénoncer pour qu'il se
fasse punir

10. *Que veut dire se faire*
l'avocat du diable ?
A. Faire condamner à mort
un innocent
B. Essayer de justifier une
idée peu défendable
C. Faire perdre son procès à
quelqu'un qui aurait dû le
gagner

Laquelle de ces expressions vous plaît le plus ? Inventez
une histoire où vous la prendrez au pied de la lettre. Par
exemple, imaginez que quelqu'un tire la queue du diable...

Solutions page 155

Sur la Terre

1. *Les lieux*
Le petit diable rouge arrive sur la Terre dans le métro
parisien et provoque une panique qui fait des morts et des
blessés. Mais imaginez qu'il soit arrivé dans une mine d'or
ou de charbon, où des hommes travaillent ; ou bien dans
une grotte célèbre pour ses stalactites, envahie par les tou-
ristes. Décrivez l'endroit et les catastrophes que provoque
la vue du petit diable.

2. *Les habitants*
a) « Je ne le ferai plus ! » s'écrie la vieille dame en aperce-
vant le petit diable. Pour quelle faute se croit-elle punie
par cette apparition ? A-t-elle été trop gourmande ?
coquette ? menteuse ? méchante ?

Imaginez et décrivez la scène où la vieille dame commet cette faute, et faites-la dialoguer avec Dieu, ou le diable !

b) Inventez la chanson magique du pape. Attention ! Elle doit être « très courte, toute simple, mais très, très belle ».

c) Et si le petit diable rouge avait fait d'autres rencontres ? Que lui aurait-on répondu ? Comment aurait-on pu l'aider à devenir gentil ?
Imaginez ainsi la rencontre du petit diable avec quelqu'un de votre entourage, avec vous-même, avec la méchante sorcière de la rue Mouffetard.

La marelle du petit diable

Une fois qu'il a quitté l'Enfer en sautant sur le quai du métro, le petit diable rouge va demander qu'on l'aide à devenir gentil : quels sont les huit personnages qui vont se relayer pour le faire passer de la Terre au Ciel ?
Sur la couverture du livre, on voit le petit diable pousser son palet de case en case ; indiquez dans chacune des cases du jeu de la marelle le nom des cinq personnes auxquelles il s'adresse successivement, puis celui des trois personnages qui lui font passer un examen. Dessinez dans chaque case le portrait du personnage qui doit s'y trouver.
Si vous reproduisez cette marelle à la craie pour y jouer, ne manquez pas de saluer chaque personnage rencontré sur sa case, et chantez la chanson magique pour passer de la case 4 à la case 5 !

Au ciel

1. Pourquoi saint Pierre a-t-il une auréole ? Quelles portes ouvre-t-il avec ses clefs ? Quelle est la couleur de la porte du Paradis ? Pourquoi ?

2. Pourquoi le Paradis du petit diable rouge ressemble-t-il à une école ? A quoi ressemble le Paradis dont vous rêvez ? Décrivez-le !

3. Pourquoi les auréoles sont-elles de plus en plus hautes, et les bureaux de plus en plus petits ?

4. Quel est le miracle de l'examen de lecture ? Un ordinateur permettrait-il la réalisation de ce miracle ? Peut-on rater cet examen ?

5. Voulez-vous passer l'examen qui vous donnerait droit de visite aux Enfers ? (droit de visite seulement, bien sûr...)

a) *Examen de lecture*
« sehcnalb segap sed tnos ec : tircé'd neir a y'n li siam »

b) *Examen d'écriture*
Pour quelles raisons voudriez-vous visiter l'Enfer ?

c) *Examen de calcul*
Dessinez un nombre à deux chiffres, divisible par trois, qui a des cornes et qui peut marcher sur les mains.

d) *Condition pour ressortir de l'Enfer*
Écrire le mot ÉGLISE avec une calculatrice !

Solutions page 156

2
ROMAN D'AMOUR
D'UNE PATATE

Rencontres sur un tas d'ordures

1. Pourquoi toutes ces rencontres farfelues ont-elles lieu sur le terrain vague où les poubelles sont déversées ?

2. A quel propos la patate et la guitare affabulent-elles en se racontant leur vie ?

3. Imaginez d'autres rencontres et d'autres conversations :
- Et si la patate tombait sur Nicolas et Tina, la paire de chaussures* ?
- Et si la guitare retrouvait sa rivale, la guitare électrique, ou sa collègue, la guitare de Bachir* (celle qui assomma la sorcière de la rue Mouffetard) ?
- Et si un tire-bouchon rencontrait une pince-monseigneur ?
Inventez d'autres associations analogues en réunissant deux ou trois objets de votre choix pour des rencontres insolites !

* *La Sorcière de la rue Mouffetard*, collection Folio Junior.

Et patati et patata !

1. *La déclaration du petit garçon à la patate*
Que lui dit-il ? Est-elle prête à jouer avec lui ? pourquoi ?

2. *La tendresse du garçon pour la guitare*
Comment lui prouvait-il sa tendresse ? A quoi mesure-t-on la jalousie de la guitare ?

3. *Le mariage du Sultan*
Est-ce que le Sultan aime la patate ? Quels sentiments la patate peut-elle éprouver ? A quels moments en a-t-elle gros sur le cœur ?
Le dessin (p. 40) montre un point commun entre les deux époux : quel est-il ?
La fin de l'histoire tient-elle la promesse contenue dans le titre ? Ce mariage est-il aussi satisfaisant que celui qui clôt la plupart des contes de fées ? Pourquoi ?

3
LA MAISON
DE L'ONCLE PIERRE

La passion de l'or

1. Le fantôme de l'oncle Pierre se trahit devant les enfants : il parle de son or alors qu'ils n'en soupçonnaient pas l'existence ; et il aime tant l'or qu'il emploie et répète sans cesse des mots où l'on entend le son « or ». Recherchez ces mots (p. 50) et faites-en la liste.
Trouvez d'autres mots qui comportent la syllabe « or » et soufflez au fantôme des phrases dans lesquelles vous utiliserez tous ces mots. Par exemple, vous pouvez commencer par : « Alors, mes adorables neveux ?... »

2. Tout ce qui brille n'est pas or, mais sauriez-vous remplacer les expressions en italique par d'autres formules contenant le mot or ? Par exemple, de jolies boucles blondes deviendront des « boucles d'or ».

- Vous roulez en Rolls Royce ? Vous devez être *très riche* !
- En effet, je *vis dans l'opulence*, et je puis vous dire que je l'ai payée *très cher*.
- J'ai un mari *parfait* ; il a vraiment *un bon cœur*, et je ne voudrais en changer *à aucun prix*.

Inventez maintenant un dialogue avec au moins une formule « dorée » par phrase !

Une histoire de fantôme

1. *Le fantôme de l'oncle Pierre est-il effrayant ?*
Qui a peur de lui ?
Dans la préface des *Contes de la rue Broca*, Pierre Gripari raconte comment la petite fille est venue s'asseoir dans le fantôme :

« Dans une première version du conte intitulée *La Maison de l'oncle Pierre*, mon fantôme s'apercevait qu'il était un fantôme au fait que la petite fille s'amusait à passer la main à travers sa jambe impalpable. Ce fut Nadia, la fille aînée de Papa Saïd, qui eut l'idée géniale de faire asseoir la petite fille dans le même fauteuil que le fantôme, de sorte que celui-ci, en se réveillant, la voit *dans son ventre*. Ces derniers mots sont de Nadia elle-même. Les grandes personnes apprécient-elles la portée symbolique de cette merveilleuse image, et sa beauté morale ? Ce pauvre vieux fantôme, type achevé du célibataire aigri, rétréci, racorni, le voilà révélé à lui-même, le voilà qui accède à la liberté, à la vérité, à la générosité, le voilà délivré en un mot, et cela à partir du moment où, symboliquement, *il devient mère.* »

Pourquoi ce geste de la petite fille va-t-il délivrer le fantôme de son avarice ?

2. *Comment devient-on fantôme ?*
« Une grande passion, bonne ou mauvaise, peut empêcher une âme de trouver le repos. Votre frère aimait trop son or. C'est pourquoi son fantôme revient, chaque nuit, le compter et le recompter... » (p. 46)
Imaginez l'histoire de la vieille dame qui aimait trop les bonbons. Jusqu'à quand son fantôme viendra-t-il errer dans la confiserie ?

Pour mieux comprendre les fantômes, imaginez que, déguisé en fantôme, vous vous promeniez dans le grenier du Louvre à minuit : avec quels fantômes allez-vous bavarder ? Que vont-ils vous apprendre ? Racontez votre enquête.

3. *Avez-vous peur des fantômes ?*
La tempête vous a contraint à vous réfugier dans un château abandonné. Vous vous apercevez au cours de la nuit que le château est hanté. A quels signes le voyez-vous ? Quels objets disparaissent ? Quelles voix entendez-vous ? Que faites-vous ?

« Deux Anglais dialoguent dans un compartiment de chemin de fer :
– Je ne crois pas aux fantômes, dit l'un.
– Ah ? Vous n'y croyez pas ? répond l'autre.
Et il disparaît. »

Cette histoire pourrait s'arrêter là. Mais pourquoi ne pas la poursuivre ? A vous de le faire...

Avez-vous bien lu ce conte ?

Ce jeu consiste à mettre à l'épreuve vos capacités de lecture ; vous n'avez donc pas le droit de revenir au roman et, à fortiori, de regarder les réponses. Après avoir répondu, rendez-vous à la page des solutions.

1. *L'oncle Pierre est :*
A. Le frère riche
B. Le frère pauvre
C. L'écrivain Pierre Gripari

2. *Le pauvre vient habiter chez son frère :*
A. Pour découvrir la source de sa richesse
B. Parce qu'il n'a pas de maison pour passer l'hiver
C. Parce que le riche ne veut plus vivre tout seul dans sa grande maison

3. *Le pauvre et sa femme s'installent chez le riche à une condition :*
A. S'enfermer à clef la nuit dans leur chambre
B. Être couchés avant neuf heures du soir
C. Ne pas effrayer le fantôme

4. *Que fait donc le riche, la nuit, en cachette ?*
A. Il fabrique de fausses pièces d'or
B. Il joue au poker avec le fantôme
C. Il empile ses pièces d'or pour les compter

5. *Quel est le dernier mot du fantôme ?*
A. Adieu !
B. Mais je ne suis pas mort !
C. C'était donc vrai !

6. *Pourquoi y a-t-il un fantôme dans la maison ?*
A. Parce que l'âme du riche n'est pas délivrée de sa passion pour l'or
B. Parce que la maison est située tout près du cimetière
C. Parce que la femme du pauvre est punie d'avoir désobéi au riche

7. *Quand n'y aura-t-il plus de fantôme ?*
A. Quand une petite fille osera l'embrasser
B. Quand il comprendra l'absurdité de son avarice
C. Quand un petit garçon l'aura démasqué

8. *Comment se comporte le fantôme avec les deux enfants ?*
A. Il les effraie en se transformant en ogre
B. Il les héberge comme le ferait un oncle bourru
C. Il leur confie son secret

9. *Qu'arrive-t-il au frère riche ?*
A. Il meurt assassiné par la femme du pauvre
B. Il meurt subitement, en dormant
C. Il fait semblant de mourir pour espionner la femme de son frère

Solutions page 156

4
LE PRINCE BLUB
ET LA SIRÈNE

Le charme des sirènes

1. *Les sirènes dans l'Antiquité*
Au chant XII (v. 35-55 et v. 160-200) de *L'Odyssée*,
Homère raconte comment Ulysse échappa au piège des
sirènes. Ayant bouché les oreilles de ses compagnons avec
de la cire, et s'étant lui-même fait attacher solidement au
mât de son navire, il put écouter leur chant mélodieux
sans en pâtir.
- S'il n'avait pas pris ces précautions, que risquait-il ?
- Que chantaient les sirènes pour charmer les marins ?
- Les sirènes de l'Antiquité étaient-elles bonnes ou malé-
fiques ?

2. *La petite sirène d'Andersen*
Pour séduire un beau prince, la petite sirène du conte
d'Andersen voudrait avoir de jolies jambes. En échange,
elle donne sa charmante voix à la vieille sorcière de la mer.
Elle a donc perdu sa queue de poisson, mais elle est devenue muette et, si le prince l'aime beaucoup, il ne songe pas
pour autant à l'épouser. Il se marie avec une autre princesse. Alors, le soir de ses noces, les sœurs de la sirène lui
apportent un poignard : si elle tue le prince, elle pourra
redevenir sirène ; sinon, elle disparaîtra. Mais la petite
sirène aime trop le prince et elle jette le poignard à la mer.
- Comment la petite sirène pouvait-elle captiver le prince,
puisqu'elle ne chantait plus ?
- Quel danger a couru le prince ? Qui l'a sauvé ?
- La sirène d'Andersen est-elle bonne ou maléfique ?

3. *La petite sirène du prince Blub*
- A quoi joue-t-elle avec le prince Blub ?
- Est-ce lui ou elle qui cherche à séduire l'autre ?
- Que devient le prince Blub par amour pour sa sirène ?
- Quels dangers court-il ? Qui le sauve finalement ?
- La sirène du prince Blub est-elle bonne ou maléfique ?
- Ressemble-t-elle aux sirènes d'Ulysse ? A celle d'Ander-
sen ? Pourquoi ?

4. *Monstre ou démon ?*

a) Pourquoi le roi dit-il que la petite sirène que veut épouser son fils est un « monstre » ? (p. 62)

Toutes les sirènes sont-elles des monstres ? Pourquoi ?

Comment s'appelle le personnage de la mythologie qui a aussi une tête et un buste de femme, mais un corps de lion et des ailes ? Était-il bienfaisant ou maléfique pour les hommes auxquels il proposait ses énigmes ?

b) L'aumônier du prince Blub prétend que les sirènes sont des « démons ». (p. 58)

Résumez son raisonnement.

Jusqu'où acceptez-vous son raisonnement ?

Les sirènes ont la parole

1. *La petite sirène du prince Blub raconte elle-même son histoire à ses sœurs*

Un jour, elle se décide à leur parler du petit prince avec lequel elle joue. Plus tard, elle raconte la demande en mariage, puis le piège dans lequel elle tombe, la farce qu'elle fait au poissonnier, ses apparitions dans la baignoire, le lavabo, et dans le verre d'eau : s'en plaint-elle ?

Enfin, la veille de son mariage, elle leur fait part de ses craintes et de ses espérances.

Faites le récit de ces épisodes en imaginant la façon dont la sirène s'exprimerait.

2. *Croyez-vous que les sirènes existent ?*

a) Peut-être un soir, juste avant de vous endormir, avez-vous entendu un bruit cristallin qui s'échappait du verre d'eau que votre maman pose près de votre lit ? Et si une petite sirène s'asseyait au bord du verre ?

Imaginez ce qui se passerait.

b) Un jour, souvenez-vous, il y a eu une inondation chez le voisin. Et si c'était une vengeance des sirènes ?
Élucidez cette affaire à laquelle le plombier lui-même n'a rien compris.

c) Un pétrolier a fait naufrage ; échouée sur la plage gluante de goudron, une sirène répond aux questions des journalistes de la télévision.
Écrivez ce dialogue.

d) Si reine ou six rennes ?
Inventez une histoire où vous utiliserez toutes les manières d'écrire « sirène ». Elle se déroulera à Cyrène, bien sûr !

e) Juchée sur le toit d'une voiture de police, une sirène de ville appelle ses sœurs !
Racontez la scène.

Queue de poisson

1. *Recherchez !*
- Depuis quand les sirènes ont-elles une queue de poisson ?
- Pourquoi les mammifères aquatiques comme le dugon ou le lamantin s'appellent-ils des siréniens ?

2. *Chez le poissonnier*
a) Est-on triste pour la petite sirène quand elle se fait découper en tranches ? Pourquoi ?

b) N'est-ce pas une aubaine pour le poissonnier de voir la queue de la sirène repousser ? Racontez son entrevue avec le roi, sous forme de dialogue, en montrant la peur de plus en plus grande du poissonnier.

c) Oseriez-vous manger de la queue de sirène ? A quelle sauce ?
Le romancier italien Malaparte raconte, dans *La Peau*, l'horreur des convives du général Cork voyant arriver sur un plateau d'argent la sirène de l'aquarium de Naples : « Mais ce n'est pas un poisson !... C'est une petite fille ! »
Comment savoir si une sirène est poisson plutôt que petite fille ou l'inverse ?

5
LE PETIT COCHON FUTÉ
La création du monde

1. Prenez une Bible et ouvrez-la à la première page. C'est le livre de la Genèse, dont voici le début :

« Au commencement, Dieu créa les cieux et la terre. La terre était informe et vide ; il y avait des ténèbres à la surface de l'abîme, et l'esprit de Dieu se mouvait au-dessus des eaux. Dieu dit : "Que la lumière soit !" Et la lumière fut. »

Lisez tout ce récit et comparez-le aux deux premières pages du « Petit Cochon futé ».

a) Comment s'y prend le petit Dieu pour faire un monde ?
- Quel ordre suit-il pour composer son dessin ?
- Croyez-vous qu'il imite son père ?

b) Et Pierre Gripari, de quelle façon imite-t-il la première page de la Bible ?
- Est-ce qu'il l'adapte en un style facile à comprendre par les enfants ?
- Est-ce qu'il la plagie en la recopiant et en faisant comme si c'était lui qui l'inventait ?
- Est-ce qu'il la parodie en l'imitant de façon aussi amusante et légère que la page biblique était sérieuse et grave ?

2. *Depuis que le monde est monde*
Quelles ressemblances voyez-vous entre le petit diable rouge et le petit Dieu ?
Quelles différences y a-t-il entre le papa diable et la maman Dieu ?
Est-ce que le nom de la première petite fille du monde vous paraît bien choisi ? Connaissez-vous d'autres personnages de contes qui portent ce prénom ?

3. *Bonjour tout le monde !*
Le petit Dieu fait un monde avec ...... Quels instruments ?
Le petit cochon fait un monde de ...... Quel fait ?
Dans quelles circonstances peut-on dire :
- C'est un monde !
- Il faut de tout pour faire un monde !
- Envoyez quelqu'un dans l'autre monde

Écrivez une histoire où vous glisserez le plus grand nombre possible d'expressions composées avec le mot « monde ».

4. *A vos pinceaux !*
a) Dessinez un monde en suivant le même ordre que l'enfant Dieu : le ciel, la terre, le soleil et la lune, etc.

b) Dessinez un monde complètement imaginaire :
Jouez sur les couleurs : que diriez-vous d'une mer orangée, de tulipes bleues et de rhinocéros rouges ?
Jouez sur les formes : faites voler les poissons et nager les oiseaux ; inventez des hommes-plantes, des poissons-tigres...
Jouez sur les époques : que les dinosaures côtoient des cygnes ou des martiens...

Un tour de cochon

1. Le petit Dieu a-t-il joué un mauvais tour au petit cochon futé ? Le petit cochon a-t-il joué un mauvais tour à l'enfant Dieu ? Pourquoi ?

2. Quand le petit cochon « posa son groin sur ses pattes de devant et se mit à ronchonner », il montra qu'il avait un caractère de ......
Quel défaut reproche-t-on à quelqu'un qu'on traite de « cochon » ? Est-ce un défaut du petit cochon futé ?

Les étoiles

1. *La constellation d'Andromède*
Quel est le point commun entre la constellation d'Andromède et la queue du petit cochon ?

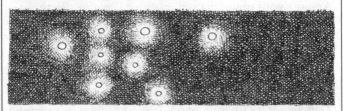

2. *La constellation du Grand Chien*

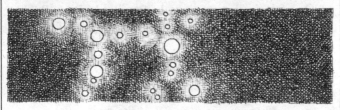

Si le petit cochon avait choisi l'étoile la plus brillante du ciel, il n'aurait pas avalé l'étoile Polaire mais plutôt Sirius, qui se trouve dans cette constellation. Reliez les points représentant ces étoiles pour obtenir la forme d'un chien. En reliant les points un peu différemment n'aurait-on pas la forme d'un petit cochon ? Cela prouverait que le petit cochon avait bien sa place dans le ciel !

3. *Dans le ventre du petit cochon futé*
Vous pourrez y trouver bien des corps célestes : prenez donc les lettres des mots LE PETIT COCHON FUTÉ et formez ainsi des noms de planètes, d'étoiles ou de constellations !

4. *L'étoile Polaire*
En avalant l'étoile Polaire, le petit cochon a choisi une étoile de l'hémisphère Nord du ciel. Qu'est-ce qui pouvait bien lui déplaire dans l'hémisphère Sud ?

Solutions page 156

Les tirelires

1. Finalement, c'est comme si l'histoire du petit cochon futé avait été inventée pour expliquer l'origine des tirelires en forme de cochon.

Amusez-vous maintenant à inventer l'origine des tirelires en forme de grenouille : après quelles aventures, quelles épreuves, la petite grenouille verte s'est-elle figée, une fente dans le dos, sur le comptoir de Papa Saïd à côté du petit cochon ? Ou sur la table de l'oncle Pierre, qui était si riche et si avare ? Ou sur la cheminée de votre grand-mère ?

2. Imaginez qu'un jour, enfin, le petit cochon soit rempli : il redevient donc un vrai petit cochon.

a) Que fait-il : il reste dans la famille de Papa Saïd et devient l'ami des enfants, ou bien il va retrouver la petite Aurore, qui lui a pardonné d'avoir volé l'étoile.

b) Faites-lui raconter tout ce qu'il a vu pendant qu'il était tirelire chez Papa Saïd...

Le jeu des fausses pistes

1. *Un petit cochon vert*
Le soleil prêche le faux pour savoir le vrai : il met les fillettes sur une fausse piste pour connaître la vérité, quand il leur demande si elles ont vu « un petit cochon tout vert, qui était poursuivi par un vieux monsieur avec une jambe de bois ». (p. 90)
- Et si vous inventiez l'histoire de ce petit cochon tout vert ?

Imaginez pourquoi il est devenu vert, pourquoi le vieux monsieur le poursuit, qui va gagner la course et ce qui va arriver au petit cochon...

2. *Sans boussole*
Privés d'étoile Polaire, « beaucoup de bateaux, qui étaient partis pour l'Amérique, se retrouvèrent en Afrique ou même en Australie parce qu'ils avaient perdu le nord ». (p. 88)

a) Racontez la surprise de l'équipage débarquant, sans le savoir, en Afrique ou en Australie : comment les marins s'aperçoivent-ils qu'ils ont fait fausse route ? Comment identifier le nouveau continent qu'ils abordent ? N'est-ce pas en partant pour les Indes que Christophe Colomb découvrit l'Amérique ?

b) Et si un navire accostait au royaume du prince Blub, dans son île tropicale au milieu de l'océan ? Décrivez la végétation, les animaux qui vivent sur l'île et les habitants ; comment s'habillent-ils, comment vivent-ils ?

Les parents

1. Qui a dit :
« Les parents, vous savez, c'est bête, ça ne comprend pas la vie... » (p. 85) Parle-t-il des siens ?
« Qu'est-ce que j'ai bien pu faire au ciel pour avoir une petite imbécile... » (p. 88)
« Qu'est-ce que j'ai bien pu faire à la Terre pour avoir un enfant pareil ? » (p. 10)

2. Il y a quatre parents dans cette histoire : lesquels ? Comment chacun d'eux se comporte-t-il face à son enfant ?

a) La maman Dieu permet le jeu puis l'interrompt : à quel moment ? Est-elle gentille avec son fils ?

b) Les parents d'Aurore : comment la mère aide-t-elle sa fille ? Que dit le père ? De quoi se retient-il ? Que fait-il pour sa fille ?

c) Papa Saïd : pourquoi est-il fâché contre ses filles ? De quoi les menace-t-il ? A-t-il raison d'être en colère ?

A votre avis, ces parents comprennent-ils la vie ?

6
JE-NE-SAIS-QUI,
JE-NE-SAIS-QUOI

Au jardin du merveilleux

1. Pierre Gripari se promène dans l'univers des contes et des légendes traditionnels : il y cueille ce qui lui plaît, en modernise certains aspects, pour écrire finalement un conte tout à fait original, plein d'humour et de « je-ne-sais-quoi ». Nous avons rassemblé pour vous quelques épisodes tirés de légendes connues. À vous de retrouver où et comment Pierre Gripari les a réintroduits dans ses propres contes.

Le Chat botté, Charles Perrault
Le plus jeune fils du meunier fait fortune grâce à son chat, car c'est un chat qui raisonne et qui parle.

Les Souhaits ridicules, Charles Perrault
Jupiter promet au pauvre bûcheron de satisfaire ses trois premiers vœux.

L'Alouette chanteuse et sauteuse, Wilhelm et Jacob Grimm
Un pigeon blanc laisse tomber des gouttes de sang et des plumes avant de recouvrer sa forme humaine.

La mythologie grecque
Héraclès se charge momentanément du fardeau porté par le titan Atlas pour que celui-ci l'aide à réussir sa onzième épreuve.

Les Mille et Une Nuits
Quand Aladin frotte sa lampe magique, un génie apparaît pour accomplir tous ses désirs.

La Bible, Exode, 14
Sur un geste de Moïse, la mer s'ouvre et les enfants d'Israël la traversent à pied sec, entre deux murailles d'eau.

La Bible, Évangile selon saint Luc
Le mauvais riche essaie d'envoyer, de l'Enfer, un message à ses frères restés sur terre.

2. A votre avis, qu'est-ce que le « je-ne-sais-quoi » ? Joie de vivre, bonté, gentillesse, imagination, rêve ? Ou autre chose ? Parlez de personnes que vous connaissez qui manquent de « je-ne-sais-quoi ».

Si vous aviez le pouvoir de leur offrir ce « je-ne-sais-quoi », racontez les changements, les transformations de leur caractère que cela provoquerait...

La patrouille du conte va passer !

1. Connaissez-vous la patrouille du conte ? Elle est chargée de vérifier si la Morale est bien respectée dans les contes populaires. Elle a été inventée par Pierre Gripari lui-même qui raconte ses exploits. (*La Patrouille du conte*, Presses Pocket.)

Mais cette patrouille pourrait aussi bien venir examiner ses propres contes. Les animaux sont-ils bien traités dans cette histoire ?

Le chat - les souris - la tourterelle - les bêtes de la forêt - les oiseaux du ciel - les poissons du monde - la grenouille. Et les êtres humains, sont-ils bien traités ?

2. Par quelles qualités l'idiot a-t-il mérité le bonheur qu'il goûte à la fin de l'histoire ? Quel sentiment le pousse à acheter le chat ? Quel sentiment l'amène à ramasser la tourterelle ?

Jugez-vous ce conte conforme à la morale ? Est-ce cela qui plaît au lecteur ? Pourquoi la fin du conte est-elle si satisfaisante ?

Voulez-vous faire
de la magie ?

1. *Le jeu des trois objets magiques*
a) Quelle est l'utilité du livre de magie de la femme de
l'idiot ?
- Quel est le pouvoir de la boule magique ?
- A quoi sert la serviette brodée ?

b) Choisissez trois objets et rendez-les magiques :
- Inventez la formule magique qui rendra efficace le pre-
mier objet choisi
- Imaginez le lieu où vous emmènera le deuxième objet
- Quel personnage le troisième objet vous permettra-t-il
de rencontrer ?

c) Cherchez trois épreuves de plus en plus difficiles, chacune d'elles ne pouvant être réussie que grâce à l'un de ces
objets magiques. Trouvez un prétexte pour faire subir ces
trois épreuves à votre héros ou à votre héroïne.

d) Rédigez le conte que vous venez ainsi d'inventer autour
de ces trois objets magiques. Mais n'oubliez pas : votre
conte ne sera réussi que si vous avez accepté de recevoir le
« je-ne-sais-quoi » qui donnera de l'intérêt à votre histoire
et du plaisir à celui qui la lira.

2. *Comment retenir une formule magique ?*
En la composant soi-même !
La formule de la femme de l'idiot paraît facile :
    « Serviteurs de ma mère
      Venez à mon secours ! »

- Combien y a-t-il de syllabes dans chaque vers ?
- De combien de syllabes chaque mot est-il composé ?
On peut composer une formule magique sur le même
rythme, par exemple :
    « Travailleurs de la Terre
      Sortez de la forêt ! »

A vous d'en trouver d'autres !

Si ces formules ne se révèlent pas efficaces, forgez-en de
plus insolites, ou de plus sonores, comme : Baralatataba-
liba ! Peut-être verrez-vous apparaître un génie...

7
SUR L'ENSEMBLE DU TEXTE

Imaginez que le petit diable rouge et le petit Dieu se rencontrent dans la cour de l'école et se posent des devinettes. Aidez-les à répondre ! Puis rendez-vous à la page des solutions pour vérifier vos réponses.

1. LE PETIT DIABLE : Quelle est la première chose que j'ai vue en arrivant sur terre ?

2. L'ENFANT DIEU : Quelle étoile le petit cochon m'a prise ?

3. LE PETIT DIABLE : Sais-tu où habite le sultan qui a épousé la patate ?

4. L'ENFANT DIEU : Où se trouve la maison de l'oncle Pierre ?

5. LE PETIT DIABLE : Te rappelles-tu la chanson magique par laquelle le prince Blub fut transformé en timbre-poste ?

6. L'ENFANT DIEU : Et la chanson de la sirène, t'en souviens-tu ?

7. LE PETIT DIABLE : Quel animal arrive en retard au grand rassemblement de toutes les bêtes ?

8. L'ENFANT DIEU : J'en connais un autre qui, lui aussi, était en retard. Connais-tu son nom ?

9. LE PETIT DIABLE : Comment s'appellent les quatre enfants de Papa Saïd ?

10. L'ENFANT DIEU : Comment s'appelle le chasseur qui est au ciel ?

11. LE PETIT DIABLE : Avant d'être reçu au ciel, j'avais des ailes de quoi ?

12. L'ENFANT DIEU : Avant d'être appelé « Heureux-Veinard », comment s'appelait l'idiot ?

13. LE PETIT DIABLE : Comment s'appelle le grand cirque où se produisent Agathe et Noémie ?

14. L'ENFANT DIEU : Quel objet magique a permis à l'idiot d'aller dans l'autre monde ?

15. LE PETIT DIABLE : Quel est le rêve de la patate ?

16. L'ENFANT DIEU : Où se réfugie le petit cochon ?

17. LE PETIT DIABLE : Où le roi envoie-t-il son fils pour oublier la sirène ?

Solutions page 157

8
LE DIABLE
DANS LA LITTÉRATURE

Histoire du Soldat

En vendant au diable son violon, le pauvre soldat ne se doutait pas que c'était de son âme qu'il se séparait. Il a acquis le livre qui donne les secrets de la richesse, mais il ne peut plus tirer un son de son instrument. L'Histoire du Soldat *est une pièce jouée et dansée dont Igor Stravinski a composé la musique en 1918.*

« C'est un livre qui se lit tout seul... c'est un coffre-fort.
On n'a qu'à l'ouvrir, on tire dehors...
Des titres.
Des billets.
De l'OR.

Et les grandes richesses, alors,
et tout ce que les grandes richesses sont dans la vie,
femmes, tableaux, chevaux, châteaux, tables servies ;

tout, j'ai tout, tout ce que je veux ;
tout ce qu'ont les autres, et je le leur prends,
et, ce que j'ai, ils ne peuvent pas, eux !

Alors il va, des fois, le soir, se promener.

Ainsi, ce soir ; c'est un beau soir de mai.
Un beau soir de mai, il fait bon ;
il ne fait pas trop chaud comme plus tard dans la
    saison.
On voit le merle faire pencher la branche, puis la
    quittant,
la branche reprend sa place d'avant.

J'ai tout, les gens arrosent les jardins, "combien
    d'arrosoirs ?"
fins de semaine, samedis soir,
il se sent un peu fatigué,
les petites filles jouent à "capitaine russe, partez",

j'ai tout, j'ai tout ce qu'ils n'ont pas,
alors comment est-ce qu'il se fait que ces autres choses
    ne soient pas à moi ?

quand tout l'air sent bon comme ça,
seulement l'odeur n'entre pas ;

tout le monde, et pas moi, qui est en train de s'amuser ;
des amoureux partout, personne pour m'aimer ;

les seules choses qui font besoin,
et tout mon argent ne me sert à rien, parce qu'elles
   ne coûtent rien,
elles ne peuvent pas s'acheter ;

c'est pas la nourriture qui compte, c'est l'appétit ;
alors, je n'ai rien, ils ont tout ; je n'ai plus rien, ils
   m'ont tout pris.

Et, rentrant à présent chez lui : c'est pas les cordes
   qui font le son,
parce que toutes les cordes y sont ;
et ce n'est pas la qualité du bois, j'ai les plus fins, les
   plus précieux :
mon violon valait dix francs, mon violon valait bien
   mieux ;

Satan ! Satan ! tu m'as volé,
comment faire pour s'échapper ?
Comment faire ? comment faire ? est-ce que c'est dans
   le livre ça ?
et il l'a ouvert encore une fois,
l'a ouvert, l'a repoussé ;
Satan ! Satan ! tu m'as volé ! »

Charles-Ferdinand Ramuz,
Histoire du Soldat,
© Marianne Olivieri-Ramuz

Le Diable dans la bouteille

Les îles Hawaii sont trop petites au goût de Keawe. Dési-
reux de voir le monde, il s'embarque pour San Francisco. Et
là, sur le seuil de la plus belle maison de la ville, un homme
se lamente : il cherche à se débarrasser à tout prix d'une
bouteille aux propriétés bien particulières.

« Alors Keawe saisit la bouteille et la jeta à plusieurs
reprises sur le dallage. Mais, toutes les fois, elle rebondis-
sait comme une balle d'écolier, sans avoir subi le moindre
dommage.

Fatigué de ce jeu, Keawe s'écria :

– Par ma foi, c'est là chose bien étrange car, si j'en crois ma vue et le témoignage de mes mains, cette bouteille ne peut être que de verre.

– Elle est bel et bien de verre, répliqua l'homme avec de plus gros soupirs que jamais, mais d'un verre qui a été fondu dans les flammes de l'enfer. En cours de fusion, un diable a été enfermé dedans et c'est lui qui fait cette ombre que vous voyez s'y mouvoir. C'est tout au moins ce que je suppose. Quoi qu'il en soit, tout homme qui achète cette bouteille a les pouvoirs de ce diable à sa disposition et tout ce qu'il désire : amour, gloire, argent, maisons, cités même et pays, tout est à lui sitôt qu'il le commande. Naguère, Napoléon possédait cette bouteille et c'est pourquoi il est devenu le maître du monde mais, à la fin, il l'a vendue et alors ç'a été la chute, Waterloo, Sainte-Hélène ! Le capitaine Cook a eu, lui aussi, cet objet en sa possession et c'est ainsi qu'il a pu découvrir tant et tant d'archipels ; mais, à son tour, il a été obligé de le vendre et est mort assassiné à Hawaii. Sitôt en effet que vous l'avez vendue, la puissance et la protection de la bouteille se retirent de vous et, si vous ne vous contentez pas de ce qu'elle vous a donné, alors le malheur vous guette !

– Et pourtant, vous parlez de la vendre ? interrogea Keawe.

– J'ai tout ce que je désire, répliqua l'homme, et je me fais vieux à présent. Il n'y a qu'une chose dont soit incapable le diable de la bouteille : il ne peut prolonger la vie d'un homme et, pour ne rien vous cacher, pour agir avec vous en toute franchise, je dois vous prévenir que cette bouteille présente un gros inconvénient. Si son possesseur vient à mourir avant d'avoir pu la vendre, il va tout droit en enfer où des supplices éternels lui sont réservés. »

Robert-Louis Stevenson
Le Diable dans la bouteille,
traduction de Charles-Albert Reichen,
© La Guilde du Livre de Lausanne

Le Chat et le diable

Sans cesse à l'affût d'une âme à prendre, le diable est prêt à inventer n'importe quelle ruse. Pour avoir accepté de passer un marché avec lui, le maire de Beaugency devait bien avoir une idée derrière la tête...

« Il y a très longtemps de cela, les gens de Beaugency, quand ils voulaient franchir la Loire, devaient prendre un bateau, car il n'y avait pas de pont. Et ils n'avaient pas les moyens d'en bâtir un par eux-mêmes ni de payer quelqu'un d'autre pour le faire. Alors comment s'en tirer ?

Le diable, qui lit toujours les journaux, entendit parler de cette triste affaire ; aussi, il s'habilla et vint rendre visite au maire de Beaugency, qui s'appelait Monsieur Alfred Byrne. (...)

Le diable dit au maire ce qu'il avait lu dans le journal et il lui déclara que lui était capable de bâtir un pont pour les gens de Beaugency, et comme ça ils pourraient passer le fleuve aussi souvent qu'il leur plairait. Il dit que ce serait bien le meilleur pont qui fut jamais, et qu'il lui suffirait d'une seule nuit pour le construire. Le maire lui demanda combien il voulait pour bâtir ce pont-là.

– Pas un sou, dit le diable, tout ce que je demande, c'est que la première personne qui passera le pont m'appartienne.

– D'accord, dit le maire.

La nuit vint, tous les gens de Beaugency allèrent se coucher et s'endormirent. Le matin vint. Et quand ils mirent la tête à la fenêtre ils s'écrièrent :

– O Loire, le beau pont !

En effet, ils avaient sous les yeux un beau, un solide pont de pierre qui enjambait le large fleuve. Tous les habitants se précipitèrent à l'entrée du pont et regardèrent de l'autre côté. Et là, à l'autre bout du pont, se tenait le diable, il attendait la première personne qui traverserait. Mais personne n'osait traverser, par peur du diable.

Alors il y eut une sonnerie de trompettes – ce qui était le signal pour inviter les gens au silence – et le maire, Monsieur Alfred Byrne, apparut dans sa grande robe écarlate et autour du cou il portait sa lourde chaîne d'or. Il avait un seau d'eau à la main et sous le bras – l'autre bras – il tenait un chat. Quand il le vit, de l'autre bout du pont, le diable s'arrêta de danser et il ajusta sa longue-vue.

Tous les gens se parlèrent à l'oreille et le chat leva les yeux vers le maire, car dans la ville de Beaugency les chats avaient le droit de regarder le maire.

Quand il en eut assez de regarder le maire (car même un chat se lasse de regarder un maire) il commença à jouer avec la lourde chaîne d'or.

Quand le maire arriva à l'entrée du pont, tous les hommes retinrent leur souffle et toutes les femmes tinrent leur langue. Le maire posa le chat par terre sur le pont et, le temps de dire ouf, plouf ! il lui vida tout le seau d'eau dessus.

Le chat qui était maintenant entre le diable et le seau d'eau prit son parti non moins promptement et traversa le pont à toutes pattes, les oreilles rabattues, il vint se jeter dans les bras du diable. »

James Joyce,
Le Chat et le diable,
traduction de Jacques Borel,
© Gallimard

Illustration de Roger Blachon

9
SOLUTIONS DES JEUX

Croyez-vous au merveilleux ?
(p. 127)

Si les ☆ dominent : vous aimez l'humour souriant avec lequel Gripari se promène dans le merveilleux ! Ce livre était vraiment fait pour vous.

Si les □ dominent : vous êtes réaliste ! Le merveilleux ne vous en impose pas et le ciel vous fait songer davantage aux fusées qu'aux étoiles !

Si les ○ dominent : quelle imagination ! Vous vivez dans un univers de rêve, ou vous rêvez plus que vous ne vivez !

Si les △ dominent : vous êtes d'une crédulité attendrissante et vous vous gardez de l'aventure à l'abri du bouclier de la superstition !

Si vous n'avez pas un seul ☆ ou ○ : votre vie risque d'être monotone : vous ne rêvez donc jamais ?

Si vous n'avez pas de □ : sans doute passez-vous votre vie sur un petit nuage rose ?

Si vous n'avez pas de △ : on ne vous fera jamais prendre des vessies pour des lanternes !

Quelques diableries
(p. 130)

1 : B - 2 : B - 3 : B - 4 : A - 5 : C - 6 : A - 7 : A - 8 : C - 9 : A - 10 : B

Si vous obtenez moins de 2 bonnes réponses : vous êtes trop angélique pour vous y connaître en diablerie !

Si vous obtenez de 3 à 6 bonnes réponses : vous êtes juste assez diabolique pour vous débrouiller dans la vie.

Si vous obtenez de 7 à 9 bonnes réponses : bravo ! Mais qu'avez-vous donc promis au diable pour qu'il vous souffle les réponses exactes ?

Si vous obtenez 10 bonnes réponses : félicitations ! Vous êtes un vrai diable !

Au ciel
(p. 133)

a) *Examen de lecture*
Lire en partant de la fin : « Mais il n'y a rien d'écrit : ce sont des pages blanches. » (p. 22)

c) *Examen de calcul*
96 et retourné c'est encore 96 : il marche sur les mains !

d) *Condition pour ressortir de l'Enfer*
Tapez 351793 et retournez la calculatrice : le mot ÉGLISE apparaît.

Avez-vous bien lu
« La maison de l'oncle Pierre » ?
(p. 137)

1 : A (p. 41) - 2 : B (p. 42) - 3 : B (p. 42) - 4 : C (p. 43) - 5 : A (p. 53) - 6 : A (p. 46) - 7 : B (p. 46) - 8 : B (p. 50) - 9 : B (p. 43)

Comptez un point par réponse juste.

Si vous obtenez moins de 4 points : vous avez survolé ce conte comme un fantôme distrait. Relisez-le, vous y découvrirez beaucoup de choses qui vous ont échappé.

Si vous obtenez de 5 à 8 points : c'est bien ! votre peur des fantômes ne vous a pas empêché de retenir l'essentiel de l'histoire.

Si vous obtenez 9 points : bravo ! vous saurez très bien raconter cette histoire. Mais oseriez-vous vous asseoir sur les genoux d'un fantôme ?...

Les étoiles
(p. 143)

1. La constellation d'Andromède tout comme la queue du petit cochon sont toutes deux en forme de spirale.

3. ÉTOILE - LUNE - PLUTON (la planète la plus éloignée du soleil) - LION - FLÈCHE - COUPE - ÉCU - LOUP - IO (satellite de Jupiter).

4. La présence du Loup !

Sur l'ensemble du texte
(p. 149)

1 : le métro (p. 13) - **2** : l'étoile Polaire (p. 81) - **3** : Pétaouschnock (p. 38) - **4** : à un kilomètre, après le cimetière (p. 41) - **5** : « Abracadabra/Tu deviens tout plat... » (p. 67) - **6** : « Un et un font un/Sirène ma mie... » (p. 61) - **7** : le petit cochon (p. 78) - **8** : la grenouille (p. 118) - **9** : Nadia, Bachir, Malika et Rachida (p. 90) - **10** : Orion (p. 77) - **11** : des ailes de chauve-souris (p. 27) - **12** : Manque-de-chance (p. 103) - **13** : le Grand Cirque Truc-Machin (p. 37) - **14** : une boule magique (p. 108) - **15** : devenir une frite (p. 30) - **16** : à Paris (p. 82) - **17** : à Moscou (p. 62)

40 TITRES PARUS :

Le Roman de Renart I	Anonyme
Les Bottes de sept lieues	Marcel Aymé
Les Contes bleus du chat perché	Marcel Aymé
Les Contes rouges du chat perché	Marcel Aymé
Sans Atout et le cheval fantôme	Boileau-Narcejac
L'Enfant et la rivière	Henri Bosco
Alice au pays des merveilles	Lewis Carroll
Charlie et la chocolaterie	Roald Dahl
La Potion magique de Georges Bouillon	Roald Dahl
Lettres de mon moulin	Alphonse Daudet
Tartarin de Tarascon	Alphonse Daudet
Le Pays où l'on n'arrive jamais	André Dhôtel
Bulle ou la voix de l'océan	René Fallet
Au pays du grand condor	Nadine Garrel
Le Roman de la momie	Théophile Gautier
Treize à la douzaine	Ernestine et Frank Gilbreth
Sa Majesté des Mouches	William Golding
La Sorcière de la rue Mouffetard	Pierre Gripari
Le Gentil Petit Diable	Pierre Gripari
Le Vieil Homme et la mer	Ernest Hemingway
Le Lion	Joseph Kessel
Histoires comme ça	Rudyard Kipling
Le Livre de la Jungle	Rudyard Kipling
Lullaby	J.M.G. Le Clézio
L'Appel de la forêt	Jack London
La Guerre des boutons	Louis Pergaud
Contes de ma mère l'Oye	Charles Perrault
Contes pour enfants pas sages	Jacques Prévert
Poil de Carotte	Jules Renard
Le Petit Prince	Antoine de Saint-Exupéry
Joachim a des ennuis	Sempé/Goscinny
Le Petit Nicolas et les copains	Sempé/Goscinny
Les Récrés du petit Nicolas	Sempé/Goscinny
Les Vacances du petit Nicolas	Sempé/Goscinny
Le Poney rouge	John Steinbeck
L'Île au trésor	R.L. Stevenson
Vendredi ou la vie sauvage	Michel Tournier
Les Aventures de Tom Sawyer	Mark Twain
Les Disparus de Saint-Agil	Pierre Véry
Niourk	Stefan Wul

Vous avez aimé "**Le gentil petit diable**",
"**La sorcière de la rue Mouffetard**"…
Vous pouvez retrouver tous les **Contes de
la rue Broca** dans un seul volume cartonné
publié aux Editions de la
Table Ronde.

Un livre
pour votre bibliothèque ;
un livre pour vos cadeaux.

table

Le gentil petit diable   9
Roman d'amour d'une patate   30
La maison de l'oncle Pierre   41
Le prince Blub et la sirène   54
Le petit cochon futé   75
Je-ne-sais-qui, je-ne-sais-quoi   96